KEITAI SHOUSETSU BUNKO SINCE 2009

無気力な幼なじみと近距離恋愛

みずたまり

STARTS
スターツ出版株式会社

災害時でも役に立つ みんなで止血専門家

みさくえみ

イラスト／櫻木りか

「帰りたい」

「どうでもいい」

「疲れた、もう1歩も動けない」

　私の幼なじみは、見た目はとってもカッコいい。

　だけど、超無気力で何に対してもやる気0。

　そんな幼なじみがどうやら、

「柚月に好きになってもらうために、本気、出すから」

　本気を出した、みたいです。

【超がつくほどの世話焼き女子】
　近衛　柚月

　　　×

【本気を出した美男子幼なじみ】
　一色　彼方

　急に超積極的になった幼なじみに、もう私はたじたじで。

「彼方……っ」

「そんな声で俺の名前呼んじゃダメ……たまらなく、なっちゃうから」

無気力な幼なじみと近距離恋愛
登場人物紹介

一色彼方（いっしきかなた）

近衛柚月（このえゆづき）

イケメンだけどやる気がなく、いつも寝てばかり。柚月に甘えてばかりだったけど、ある日、脱・無気力男子を宣言!?

世話焼きな高2の女の子。幼なじみの彼方からの突然の告白に戸惑う。じつは誰にも言えない秘密があって…？

contents

【chapter:1】

「柚月のことが、好きなんだ」 10

「柚月のその顔、すごく可愛い」 20

「覚悟、してね」 32

【chapter:2】

「俺のことだけ見てて」 46

「……ちょっとだけ、甘えてもいい?」 60

「やっと、2人きり」 75

「あんたなんかに、柚月は渡さない」 89

【chapter:3】

「もっとドキドキしていいよ」 108

「大丈夫。ゆっくりで、いいから」 125

「柚月がいないと、すごく寂しいから」 137

「……そんなに、俺って頼りない?」 155

【chapter:4】

「ごめんね、柚月」 170

「そんな嘘の笑顔、しちゃダメだよ」 186

「柚月の全部が大好きだよ」 203

「おやすみ、柚月」 218

【chapter:5】

「私、もう居場所なんていらない」 246

「かけがえのないものだから」 263

「彼方、大好き」 282

【番外編】

君と紡ぐ未来のお話 300

あとがき 316

☆
☆
☆
☆
chapter:1

「柚月のことが、好きなんだ」

　——私の幼なじみの話をしようと思う。

「ちょっといつまで寝てるの！　学校遅れちゃうでしょ！」
　私の幼なじみはよく寝坊をする。
「ん～、あと５分」
「さっさと起きる!!」
　私の幼なじみはかなりの面倒くさがりやだ。
「ん……ぁ、おはよ、柚月」
「はいはい、おはよう。さ、今日は私たち日直なんだから、早く支度して」
「着替え……面倒くさい」
「下で待ってるからね！」
　私の幼なじみは、なんというか、
「ふぁあ……眠い。もう無理、帰りたい」
「まだ家を出てちょっとしか歩いてないでしょ！　ほら早くー!!」
　……何事に対しても、全力で無気力だ。

「はい、到着～！」
　もう帰る、と駄々をこねる幼なじみを無理に引っ張り、なんとか学校へとたどりつく。
「……帰りたい」

「ついたばっかりでなに言ってるのよ、もう」
　私は近衛柚月、高校２年生。
　教室についても駄々をこねて自分の席につこうとしない彼は、なんかもう、どうしようもない私の幼なじみだ。
　幼なじみの名前は一色彼方。
　家は隣同士で高校も一緒ならクラスも一緒、席まで隣同士というまさに腐れ縁の幼なじみ。そして彼方は、誰もが認める美男子だ。
　栗色のふわふわとした髪、背は私よりも少し大きい程度で男子にしては小柄。カッコいいというより可愛らしい顔つきをしており、イケメンではなく美男子といったほうがしっくりくる。
「一色、また幼なじみちゃんに世話焼いてもらってるのか？」
　私が彼方を引きずって登校する姿は日常茶飯事なため、今では微笑ましい視線がクラスのあちこちから私たちに飛んでくる。
　そんなクラスメイトたちに見守られながら、私はまだ眠たそうな彼の背中を押し、なんとか席に座らせる。
「彼方、日直の仕事はできる限り私がするから、彼方はしっかり授業を聞くこと。寝ちゃダメだからね？」
「……すぅ」
「さっそく寝ないの‼」
「はっ」
　身体を揺さぶり彼方を起こす。

いつものことながら心配だ……。
「もうすぐテストなんだから、また前みたいにノート全然書いてなかったーとかだったら怒るからね！」
「……ん、わかった」
　コクリと頷く彼方を見て、私もやっと自分の席に座る。
　いつもどおりの朝。
　これが私の日常。
　これからも毎日こんな日々が続いていくものだと、このときの私は信じきっていたんだ。

「彼方、クリームが口の端についてる」
「ん……柚月、取って」
「自分でしなさい」
　昼休み。
　いつもどおり、彼方と机を向かい合わせにくっつけてのお昼ごはん。
　クリームを取って、と言ってくる彼方の目の前にポケットティッシュを置くと、渋々といった様子で自分で口をふいた。
　はぁ、なんだか小さい子のお守りをしている気分……。
　前に「2人って幼なじみというよりは親子だよね」とクラスの子が言っていたが、まさにそうかもしれない。
「そういえば彼方、日誌ちゃんと書いてる？」
　食べ終わり、ひと息ついたところで、私は今とても不安に思っていることを彼方に聞いてみた。

「大丈夫、書いてる」
「本当に？　それならいいけど……」

　それは、1時間目の授業が終わったときのことだ。
　日直の仕事で日誌を書こうと取り出したら、突然彼方が『日誌、俺が書く』と、言い出した。
　1つ1つの授業の感想等、日誌を書くのは私でも面倒だ。
　それを、彼方が書くと言い出したのだ。
　今日は嵐になるかもしれない。
　何度『私がやるから』と言っても『俺が書くから』の一点張り。
　まあ、たまにはいいかと思い、私は彼方に日誌を渡した。
　渡したのだが……。
「彼方が日誌書いてる姿を今のところ見てないんだけど」
「大丈夫だから、ね？」
「……本当に？」
「本当に」
「じゃあ、ちょっとだけ日誌見せてよ」
「……そんなに、俺のこと信用できない？」
「別にそういうわけじゃないんだけど……でもっ」
「大丈夫。柚月は何も、心配しなくていいから」
　へにゃりと微笑む彼方。
　そんな彼方に、私はもう何も言い返せなくなってしまう。
「……まあ、そこまで言うなら」
　……正直、かなり不安だ。

そしてこの不安は、見事的中した。

「彼方、大丈夫って言ったよね？」
「……言いました」
「じゃあこれは？」
　目の前には、何も書かれていない日誌が１冊。
　やっぱり大丈夫じゃなかった……っ！
「だから何度も確認したのに！　なんで何も書いてないのよぉ!!」
「……だって」
「だってじゃない!!」
「近衛さん、また一色くんと居残り？」
「毎回ご苦労様だねぇ」
　クラスのみんなが相変わらず微笑ましそうに見ながら、私と彼方に「じゃあ頑張れよ、またな」と挨拶をして帰っていく。
　気づくと、教室には私と彼方の２人だけだ。
「とにかく、私が書いてあげるから日誌貸して」
「ううん、俺が書くから」
「でも」
「書くって言ったのは、俺だから」
「……わかった」
　彼方が書き終わるのをじっと待つ。
　まだ夏の香りが残っている風が、ふわりふわりと教室の中に入ってくる。

彼方は……よし、ちゃんと真剣に書いてるみたいね。
まったく彼方は、私がいないとどうしようもないんだから。
「……ねぇ柚月。柚月は、どうして帰らないの？」
「あのね、帰らないんじゃなくて帰れないの。彼方が日誌をさぼっちゃってたせいでね」
「柚月だけでも帰ればいいのに」
おっとりと気だるげないつもの感じとは違う、少し荒っぽい口調。
どうしたんだろう彼方、いつもはこんなこと言わないのに……。
「だから、日誌書き終わらなきゃ帰れないんだってば」
「俺に押しつけて帰ればいいのに」
彼方の顔が、窓から差し込む夕日に照らされる。
栗色のやわらかそうな髪がふわりと、まだ少し暑い風になびいた。
「私だって日直だし、彼方1人置いて帰れないよ。それに、見張ってないと彼方寝ちゃうかもしれないし」
「……なんで」
「ん？」
「……なんで、柚月は……」
パキッと、日誌を書いている彼方のシャーペンの芯が折れた。
「面倒、じゃないの？　なんでそんなに、俺のためにしてくれるの？」

不安そうな瞳が私を見つめる。
「と、突然どうしたの?」
「突然じゃない。ずっと、気になってた」
　どうしてかと聞かれれば、答えなんて決まっていた。
「幼なじみなんだから当たり前じゃない」
　一時の沈黙の後、聞こえたのは彼方の「はぁあ……」という深いため息。
　って、なんでため息つかれなきゃいけないの!?
「……そんなことだろうと思った」
「な、何よ、その言い方」
「日誌、終わった」
「え、あ、もう終わったの!?」
　まだまだ時間がかかると思っていたので、あまりの速さにビックリして日誌を見せてもらう。
　な、なんて……なんて完璧な日誌!
　授業内容から感想まで、何1つ文句のつけようがない!!
「こ、これ本当に彼方が今書いたの……よね?」
「見てたでしょ?」
「え、あぁうん、見てたけど……」
「ねぇ、柚月」
　するりと彼方が私の手の甲に自分の手を重ね、私の指先から手首までを優しく撫で上げる。
　な、なんだか彼方……いつもと雰囲気が違う?
「彼方……?」
「柚月、これからも俺と一緒にいてくれる?」

甘えるような、すがるような声。
　これからも、彼方と一緒に？
「そんなの当たり前じゃない！　何年、彼方の幼なじみやってると思ってるの！　これからも何かあったらいつでも私を頼ってよね！」
　その瞬間、私の手を撫でていた彼方の指がピタリと止まった。
「彼方？」
　彼方、いったいどうしちゃったんだろう？
「って、無駄話してないで早く先生に日誌出さなきゃ」
「柚月」
　立ち上がった私の手を、彼方がグッとつかむ。
「ねぇ、柚月」
「？」
　やっぱり彼方の様子が変だ。
　いつもの気だるげな雰囲気はなく、どこかピリピリとした威圧感がある。
「俺は、柚月とずっと一緒にいたい」
　今にも泣き出しそうな声で彼方が呟く。
「柚月は一緒にいるよって言ってくれるけど、柚月が思ってる『一緒』と俺の『一緒』は違う……から」
「違う……？」
「柚月っ」
「ひぇっ!?」
　彼方が急に立ち上がったと思ったら、そのまま腕を引っ

張られ、強く抱きしめられる。
　ん、んんん!?
　これはいったいどういう状況!?
「もう、こらえられないよ……柚月っ」
「ちょ、ちょっと彼方!?」
「柚月がそばにいてくれればそれでいいって思ってた……でも」
「いったいどうしたの彼方？　何かあったの？」
「……ごめんね、柚月。ごめん」
「な、なんで謝るの？」
「全部、俺のわがままだから……じつはね、その……日誌も、わざと書かなかったんだ」
「え……？」
　わざと、書かなかった？
　なんでそんなことを？
「日誌が書けてなければ、こうして柚月が一緒に残ってくれると思ったから……だから、書かなかった」
　私を抱きしめる腕に力が入る。
「全部わざと。朝起きないのも柚月に起こしてほしいから。全部全部、柚月に甘えたかったから……だから！」
「ちょっと彼方、く、苦しいっ！」
「あ、ごめん……」
　あまりにも強く抱きしめられ、苦しいと彼方の背中を軽く叩く。
　彼方はすぐに私の身体から離れ、辛そうな、苦しそうな

表情で私を見た。
「彼方、本当に何があったの？ 悩みがあるなら私に言って？ 聞くことくらいしかできないかもしれないけど、話せば楽になるかも……」
「そんな……そんな、幼なじみとしての言葉なんて聞きたくない」
　と、彼方は首を左右に振る。
　幼なじみとしての言葉は聞きたくないって、じゃあ、どんな言葉をかければ……。
「……柚月、あのね」
　震える声で、私を呼ぶ。
「もう、幼なじみとして一緒にいるのが辛いんだ」
「彼方？ 何を言って……」
　風が、教室のカーテンを揺らす。
「俺ね、柚月のこと……幼なじみとしてじゃなくて、1人の女の子として……」
　窓から指し込む夕日が、彼方の綺麗な顔を照らした。

「柚月のことが、好きなんだ」

　時が、止まった気がした。

「柚月のその顔、すごく可愛い」

「――っは!?」
　ガバリと勢いよく起き上がる。
　時計を見ると、ちょうど午前６時を指していた。
「なんだ、夢か……」
　ふぅ、と息をはく。
　なんというかとても駆け足で、とてつもなく急展開な夢だったような気がする。
　彼方が、んーと……その……。
『柚月のことが、好きなんだ』
「って、彼方が私を好きだなんて……いや、ないない」
　なんて変な夢を見てしまったんだろうと、私はベッドから下りる。
　さて、今日も彼方を起こしに行かないと！

「おはようございます！」
「あら、おはよう柚月ちゃん」
　玄関で彼方のお母さんと挨拶を交わす。
　いつもと変わらない光景だ。
「ごめんね柚月ちゃん、いつもいつも彼方を迎えに来てもらっちゃって」
「いえいえ！　これも幼なじみである私の役目ですから！」
「失礼します」と声をかけて彼方の家に上がらせてもらう。

さて、今日は彼方が起きるまでいったい何分かかることやら……。
「彼方、入るよー！」
　ガチャリとドアを開く。
　彼方の部屋の中は、案の定カーテンもまだ閉まっており、もう朝だというのに薄暗いままだ。
　……バッチリ寝てるな。
「ほら彼方！　おーきーてー！」
　シャッとカーテンを開く。
　うん、天気もいいし、なんて清々しい朝だろう。
「彼方？　ちょっと彼方？」
　ゆさゆさと揺さぶるも反応なし。
「彼方、早く起きないと学校に遅れっ……ひゃあ!?」
　突如、ベッドの中から腕が伸びてきて私の腕を強く引っ張った。
　な、ななななな、なに!?
「ん……柚月、おはよ」
　……なんで私は、ベッドに押し倒されてるの？
「お、おはよ……って、起きてたなら返事してよ！」
「柚月」
「え、あ、うひぃ!?」
　ギュ〜ッとそのままベッドの上で抱きしめられる。
「ちょっと、いい加減に！」
　するりと腰のラインを撫でられ、ぞわわっと変な感覚が身体中を走り抜けた。

な、なんなの本当に!?
「彼方、早くしないと学校っ」
「それで、返事は決まった？」
　どこか不安げに、彼方は私の顔を覗き込む。
「へ、返事？」
「……だから、その……好きって、告白の返事」
　思考回路が止まる。
　好きって……え……だって、それは……。
「それは私の夢じゃ……ん？」
「夢だなんて、ひどい」
　拗ねたように不満そうな顔を見せる彼方。
　まさか、あれは夢じゃなかったの!?
「えっと、あの……わ、私も、彼方のことはもちろん——」
「幼なじみとしての返事は求めてないよ」
「うっ」
　本当に、本当に彼方は、その……私の、ことを？
「好き、大好き……幼なじみとしてじゃなくて、柚月のことが……本当に」
　言いながら、彼方の顔がどんどん近づいてくる。
　え、ちょ、ちょっとま——っ!?
「柚月ちゃん大丈夫〜？　彼方も柚月ちゃん困らせてないで早く起きなさーい！」
　突然聞こえた彼方のお母さんの声と、こちらに近づいてくる足音。
　こ、この状況を見られたら、いろいろ誤解が生まれるの

では!?
「かかか、彼方っ」
「キス、されるかと思った?」
「っ!?」
「顔真っ赤」

ふふっと笑った後、私の上からそっと離れる。
「大丈夫、もう起きたから」

彼方がドアの外に声をかけると「あらそう? 朝ごはん用意してるから、早く来なさいよ」と足音が遠ざかっていった。

い、いったい今のはなんだったの!?
「……ねぇ、柚月」
「は、はい!?」

名前を呼ばれただけなのに、過剰に身体がビクッと跳ねる。

そんな私を見て、彼方はにこりと綺麗な笑顔を浮かべた。
「今から着替えるんだけど……俺の着替え、見る?」
「外で待ってます!!」

バタバタと私は彼方の部屋から脱出する。

か、顔がものすごく熱い!!
「夢じゃ……なかった」

壁に背を預け、へにゃりとその場にうずくまる。

夢じゃなかった。

夢じゃ……。
「彼方が……私、を」

好き、だなんて……。
「う、うあああぁ」
　思い出して手で顔を覆う。
　好き!?　彼方が私を!?　好き!?
「どうしたの、柚月？」
「ひぇあ!?」
　どのくらいの時間うずくまっていたのかはわからないが、気づくと、彼方が心配そうに私の顔を覗き込んでいた。
「な、なな、なんでもない!!」
「じゃあ、ごはんすぐ食べるから。一緒に学校行こう」
「う、うん！」
　あぁもう、これから彼方とどう接すればいいのよー!!

「柚月、一緒にお昼食べよ」
「え!?　あ、うん、もちろん！」
　いつもは私から声をかけるのに、今日は彼方のほうから声をかけてきて少しビックリしてしまう。
　ううぅ、変に緊張しちゃうよぉ……。
「柚月、クリームついてる」
「へ？」
「取ってあげる」
　彼方の親指が、私の唇の端を擦る。
　そのままペロリと、クリームを舐め……。
「っ!?」
「ん、美味しい」

どこか色っぽいその姿に、ドキリと私の心臓が鳴る。
「うぁ、う、うぅ……っ」
　声にならない声が私の口から漏れた。
　いつもとは雰囲気や仕草が違う彼方に、調子が狂いっぱなしだ。
「相変わらず一緒に昼飯か？　仲いいなー、お前らは」
　クラスメイトの男の子が、私たちを茶化すように声をかけてくる。
　すると、近くにいた他の子までもが私たちを見ながら声をあげ始めたのだ。
「近衛さんと一色くんって、つき合ってはいないのよね？」
「違う違う、こいつらはただの幼なじみ。一色が近衛さんに世話焼かせすぎなだけ」
　そうやって、クラスのみんなが口々に言っている。
「そ、そうそう！　私と彼方はただの幼なじみだから！」
　ただの幼なじみ。
　そんな私の返事に納得したのか、クラスのみんなは「だよなー」「やっぱりそうよねー」と散り散りになった。
「柚月」
「な、なに？」
　名前を呼ばれたほうを振り向くと、彼方はにこりと可愛らしい笑顔を浮かべていて……。
「とくになんでもないんだけど……ただ、今すぐにでも、もう幼なじみって言えなくなっちゃうくらい、柚月のことめちゃくちゃにしてあげたいなって思って」

彼方の言葉を理解するのに約3秒。
「へ!?　あ、え!?」
「半分は冗談だから、そんなに慌てないで」
「じ、冗談って、もう！　……ん？　半分？」
「うん……半分、本気」
「っ!?」
　その彼方の妙に色っぽい言い方に、私の調子はさらに狂ってしまうのだった……。

「柚月、一緒に帰ろう」
「あ、うん！　もち……ろん」
　いつもは私から声をかけるのに……また、彼方のほうから私を誘ってくる。
　2人きりで歩く帰り道。
　ダメだ、意識するなと言うほうが無理だ。
「柚月」
「え？　な、なに？　どうかした？」
「ちょっとだけ、手借りるね」
　校門を出てしばらく歩き、私たち以外の生徒の姿が見えなくなった頃。
　本当に突然に、彼方は私の手をぎゅっと握った。
　握られ……た!?
「彼方!?」
「……柚月と一緒に帰れて、すごく嬉しい」
「い、いつも一緒に帰ってるよ？　というか、あの、手っ」

「ん……だから、いつも嬉しい……だって」
「柚月のこと、大好きだから」なんて少し照れたように彼方が言うもんだから……。
「ぅ……あ、あのっ……そのっ」
「柚月のその顔、すごく可愛い」
「か、かわっ、かわっ!?」
「顔真っ赤……どうしよう、可愛すぎだよ、柚月っ」
　顔が火照ってしょうがない。
　というか、いつの間にか恋人繋ぎになってるんですけど!?
「とりあえず手、か、彼方、手をっ」
「どうしたの？　手を繋ぐのは、初めてじゃないよ？」
「そうだけど！」
「嫌だったら……離すけど」
「へ!?　い、嫌ってわけじゃないけど……その」
「ん、じゃあこのままね」
「……はいっ」
　……私って、なんて押しに弱い人間なのだろうか。
「そうだ、この前柚月が観たいって言ってた映画のDVD借りたんだ。明日は学校もお休みだし、一緒に観よ？」
「え、ほ、本当に!?　嬉しい！」
　たぶん彼方が言っているのは、前に私が観たいと言っていたホラー映画だろう。
　怖いって評判で、すごく気になってたんだー！　……って、思わず観たいって言っちゃったけど、こんな調子で彼

方と映画なんて……。
「柚月が観たいかなって思って借りてきたんだ。柚月の嬉しそうな顔が見れてよかった」
　そ、それって、私のために借りてきてくれたってことだよね……？
「柚月は明日、何時くらいがいいとかある？」
　ど、どうしよう……。
　私のために借りてきてくれたと言っているのに、断るのはあまりにも……でも、今の状況で彼方と一緒にDVDを観ても、いろいろと落ち着かないというか……。
「え、えーっと……か、彼方、やっぱり私……」
「俺と映画、観るの嫌だ？」
　気づくと、少し寂しそうな表情で、彼方は私を見つめていた。
「い、嫌じゃないよ！　あの、じゃあお昼ごはん食べた後、1時くらいに行くね！」
「わかった、待ってる」
　ふにゃりとした彼方の可愛らしい笑顔。
　うぅ、そんな嬉しそうに待ってるなんて言われたら、もう後戻りできないよ……。
「明日楽しみだね、柚月」
「う、うん！　映画楽しみ！」
「映画もだけど、ね？　柚月と明日も一緒にいられるから」
「……彼方」
「俺はただ、柚月と一緒にいたいだけだから」

お互いの家の前につく。

糸がほどけるように、彼方と私の手が離れた。

「でも、これは幼なじみとして言ってるわけじゃないから」

そのひと言が、ずしりと胸にのしかかる。

「そんな、幼なじみじゃない俺とは一緒にいられないと思ったら、ちゃんと言ってほしい。無理なら無理って、言ってくれてかまわないから」

とてもとても、優しい声。

「柚月が好き。だけど押しつけたいわけじゃない。でも柚月は嫌とも言ってくれないから、つい調子に乗っちゃう」

彼方にお願いされると、言うことを聞きたくなってしまう。甘えてもらうことが嬉しいと、そう思っている自分がいる。

でもそれは幼なじみとしてだ。

だけどそれを、彼方は望んでいない。

「彼方、私は――」

「とりあえず、明日待ってるから」

急に彼方の顔が近づいてくる。すると……。

チュッ。

「へぁ!?」

お、おで、おでこに、今……!!

「こんなふうに、調子に乗るから……ね?」

「またね」と、彼方は自分の家に入っていった。

「…………う」

うああああああああと心の中で叫びながら家の中に入

り、バタバタと自分の部屋に行くと、ベッドにそのままダイブ。
　おでこ！　おでこ!!
「う、うぅ……明日も、つい約束しちゃったけど」
　どうしよう。
　どうすればいいの？
「……返事も、しなきゃ」
　好きだと言われた。
　なら、私も彼方にちゃんと返事をしなきゃいけない。
　彼方のことは嫌いじゃない。むしろ好きだ。幼なじみとして彼方が好きだ。
　これからもその関係でいられたらと思っていた。
　でもどうやらそれは、私だけだったようだ。
「とにかく、明日ちゃんと自分の気持ちを伝えよう」
　よしっと気合いを入れた。

「うぅっ」
　次の日、彼方の家の前で立ち尽くす私の姿があった。
　だってだって、どんな顔して彼方と会えばいいのよ!?
「……おでこ」
　昨日の出来事を思い出し、顔が一気に熱くなる。
「柚月、何してるの？」
「ひゃい!?」
　気づくと、彼方が玄関の扉を開けて不思議そうな顔で私を見つめていた。

「え、あ、な、なんでもない！　本当になんでもないから!!」
「そう？　じゃあとりあえず、どうぞ」
「う、うん！　おじゃまします！」
　彼方に招き入れられるように、家の中に入る。
　……ん？
　ふと足が止まる。
　なんだか家の中、すごく静かだ。
「あの、彼方？」
「なに？」
「家の中、その……もしかして誰もいない？」
　彼方のほうに振り返った瞬間、ガチャンと、玄関の鍵が閉まる音が家中に響き渡った。
「うん、今日は俺1人しかいないから」
　1歩、また1歩と彼方が私に近づいてくる。
　って、ちょっと待って。
　今日は彼方しかいないって、それってつまり……。
「今日は2人きりだよ、柚月」
　囁かれた声に、ゾクリと、身体が震えたのだった。

「覚悟(かくご)、してね」

「飲み物、オレンジジュースでいい？」
「う、うん！　それでいいよ！」
　声がしたほうを向き、返事をする。
　グラスを2つ持った彼方がそこにいて、「わかった。すぐ準備するからちょっと待っててね」と言いながら、彼方は冷蔵庫を開け、オレンジジュースの入ったペットボトルを取り出した。
　……ああ、どうも落ち着かない。
　見慣れたはずの彼方の家なのに、彼方と2人きりになることなんて今まで何度もあったはずなのに。
　ダメだ、やっぱり変に意識してしまう！
「はい、どうぞ」
「あ、ありがとうっ」
　オレンジジュースが注がれたコップと、いろいろなクッキーやチョコレートが盛りつけられたお皿が、目の前のテーブルに置かれる。
　そのまま彼方は私の隣に腰を下ろし……。
　あああ、ただ彼方が隣に座っただけなのに、なんでこんなに緊張してるのよ、私！
「柚月、緊張してる？」
「へ!?　いや、あの、そ、それはっ」
　彼方が私の顔を覗き込む。

って、顔が近いー!!
「俺のこと、意識してくれてるの？」
「そ、そそ、そういうわけじゃ！」
「うん、焦ってる柚月も可愛い」
　ヒュッと喉が鳴る。
　もう、どんな反応をしたらいいのか、わかんなくなってきた……。
「それよりもさ！　ほら、は、早く映画観ようよ！　ね？」
　どこか甘ったるい雰囲気にこらえきれず、あからさまに話題を変える。
　彼方は「そうだね」とひと言呟いて立ち上がり、なぜか開いている全ての扉を閉め、窓を閉め、カーテンまで閉めてしまった。
「え？　なんで閉めるの？」
「暗いほうが雰囲気出るかなって思って」
「あ、ああ確かに！　雰囲気って大事だもんね！」
　今から観るのはホラー映画だ。
　確かに暗いほうが、よりスリルを味わえるだろう。
「ほら、他にもいろいろと、暗いほうがいいかなって」
　今度は先ほどよりも近くに腰を下ろす。
　身体が触れるか触れないかくらいの距離。
「え、ぁ……っ」
　また、どう反応すればいいかわからなくなってしまう。
　そんなふうに返事に困っていると、彼方は少し申し訳なさそうな顔をして、そっと私から身体を離した。

「ごめん。柚月が可愛いから、ついからかいたくなっちゃって……映画、観よっか」
「う、うん……」
　こうして私の緊張はさらに高まってしまい、暗い部屋の中、私と彼方２人きりの映画鑑賞会は始まってしまったのだった。

「ひっ!?」
「柚月、大丈夫？」
「だだだ、大丈夫に決まってっ……ひぃうっ!?」
　画面の中では、主人公がある廃屋の中を必死に逃げ回っている姿が映し出されている。
　怖くて面白いと前から評判だったけれど、これはなかなか……。
「ひゃっ!?」
　予想以上の恐怖に、身体が何度も飛び跳ねる。
　でもこの先の展開にドキドキが止まらなくて、目の前の画面から視線をそらすことができない。
「……ねぇ、柚月」
「ふぇ、な、なに？」
　突然、耳元で囁かれた名前。
　息が当たって少しくすぐったい。
「なんかさっきから……誰かに見られてる気がするんだ」
「…………え」
　固まる私と、ものすごく真剣な顔の彼方。

ここには私と彼方の2人きりだ。
　カーテンも閉めきっているし、誰かに見られてるって、それって……。
「じつはね、最近夜中になると、変な音とか聞こえてくることがあって……」
　画面の中では逃げ回っていた主人公が、とうとう行き止まりに突き当たってしまったシーンで、もうとにかく緊張も最高潮で……。
「ほらそこ、柚月のすぐ後ろ……！」
「っっっひゃああああああ!?」
「ぅわっ」
　恐怖のあまり、ガバッと勢いよく彼方に抱きつく。
　後ろ!?　後ろに何!?
「ねぇなんなの!?　何がいるの!?」
「……っ」
　青ざめる私とは正反対に、くつくつと笑いをこらえるように震える彼方の身体。
　笑いをこらえるように……ん？
「……彼方、まさか」
「ごめ、こんな簡単に……引っかかるなんて、思わなくて」
　これは、あれだ。さっきからの言動は全て彼方の演技だったのだ。
「もう！　本当に怖かったんだから!!」
　バッと彼方から身体を離すと、彼方は「もうちょっとくっついててもよかったのに」と言いながらも、まだその肩(かた)は

震えている。
「笑わないでよ!」
「ご、ごめん柚月……ほら、映画観よ、ね?」
「うぅ……ひ!?」
　画面に視線を向けると、これまたとてつもなく怖いシーンで、また私の口から悲鳴が漏れる。
「怖いなら、また俺のこと抱きしめてもいいよ?」
「こ、ここ怖くないから大丈夫ですー!!」
　そんなやり取りを交えつつ約２時間、映画は無事エンドロールを迎えたのだった。
「っは～、面白かった～!」
　彼方が閉めていたカーテンを次々に開いていく。
　外の光が家の中に入り込み、暗闇(くらやみ)に慣れかかっていた目が少しチカチカする。
「本当に面白かったね……おもに柚月が」
　私の隣に座り直した彼方のひと言に、つい頭にカッと血が上ってしまう。
「なっ!?　それどういう意味よ!」
「ごめん、つい……だって柚月がすごく可愛いから」
　言いながら、彼方は私の手を愛おしそうにゆっくりと撫でる。
　撫でたと思ったら、指を絡(から)めてきゅっと握った。
「え、ぁ……っ」
　突然の出来事に反応が遅れてしまう。
　あ、なんだかまたまずい雰囲気だと気づいたけど手遅れ

で、彼方が少し濡れた瞳で私を見つめていて……。
「柚月」
　なんとか彼方の手から逃れようと、自分の手を引いてみる。
　すると、彼方はくすっと笑い、「……離しちゃ、ダメだよ」なんて、顔を赤らめながらまた私の手に指を絡めた。
「彼方っ」
「柚月、今日は映画観て終わりだなんて本気で思ってるの？」
「彼方、あの、ちょ、ちょっと待って！」
「待たない」
「ひゃあ!?」
　ソファーの上にそのまま押し倒される。
　ぽわんとした彼方の表情は、なんだか酔っているみたいで……。
「……柚月」
　甘ったるい声だった。
「か、彼方！　私にとって彼方は、その、大切な幼なじみなの!!」
　思いきり声を張り上げる。
　すると彼方は少し驚いたように目を開き、私を見つめた。
「大切な幼なじみで、そうとしか考えたことなくて……」
「じゃあこれからは、俺のこと幼なじみとして見ないで」
「へ？」
　するりと彼方が私の頬を撫でる。

彼方のことを幼なじみとして見るなって……。
「む、無理だよ、そんなの！」
「無理かどうかは、やってみなきゃわからないでしょ」
「だって……そんな」
「今さら、ただの幼なじみに戻るつもりないから」
　はっきりと告げられた言葉。
「柚月は俺のことを、幼なじみとして大切に思ってくれてる……それはすごく嬉しい、けど」
　また苦しそうな、こらえきれないとでも言うような彼方の表情。
「俺はそれ以上が欲しい。柚月の全部が、欲しい」
「……欲張りでごめんね」と呟いて、私をぎゅっと抱きしめた。
「彼方、その……えーっと」
「柚月は、本当に俺のこと幼なじみとしてしか見られない？ 恋愛感情として、俺のこと好きってならない？」
「ぅ、え……うっ」
　ちょっとだけ考えてみる。
　それでもやっぱり、ちゃんとした答えは出てこなかった。
「やっぱりその、彼方のことをそんなふうに見てこなかったから……しかもいきなりで、よくわからなくて……」
「そっか、まあ本当にいきなりだったし。……もっと早く、柚月に意識してもらえるようにしていればよかったのかな」
「あの、それもそうなんですがね、彼方さん。そろそろこ

の状態をどうにかしてくださると、あの、ありがたいな〜なんて……」
「ん、もうちょっとだけ」
「へ!?」

も、もうちょっとだけ!?
「俺に押し倒されて慌ててる柚月がすごく可愛いから……もうちょっとだけ、ね？」
「うひっ!?」

腰回りを撫でられ、なんともいえない声が出てしまう。
「く、くすぐったいからやめてよ！　もう、今すぐどいて！」
「……どうしても？」
「どうしても!!」

これ以上、面白がって触られたらたまらない。

すると彼方は「……もうちょっと、くっついてたかったな」なんて文句を言った後、やっと私から身体を離して起き上がった。

私の身体も、手で支えて起き上がらせてくれる。
「でもそっか、まだよくわからないか……じゃあ、わからせてあげるしかないよね、この気持ち」
「……え？」
「わからないなら、わかるまで……柚月にこの気持ち伝えるから」

わからないなら、わかるまでって……えぇえ？
「好きって、大好きって……もう幼なじみとしてなんて見られなくなっちゃうくらい、たくさん俺のこと意識させて

あげるから……ね?」
 とても色っぽい彼方の笑顔に、ゾクリと身体中に震えが走る。
 逃がさないとでも言うように、逃げることは許されないとでも言うように、真っ直ぐ、彼方は私を見つめる。
「柚月、大好き」
「……っ」
「好きすぎて、おかしくなる」
 おかしくなりそうなのはこっちだ。
 頭の中はもうぐちゃぐちゃで、甘ったるい彼方の雰囲気に溺れちゃいそうで……。
「ぁ、あー! もうこんな時間だー! そ、そそそろそろ帰ろうかなー!」
 ……うん、我ながら苦しい演技だ。
 だけど、とりあえず今は一刻も早く混乱する頭を落ち着かせたくて、「あははー」と下手くそに笑いながら立ち上がる。
 それに、もうこの甘すぎる雰囲気に私はたえられそうもなかったのだ。
「えっと、き、今日はありがとね! 映画、すごく面白かった!」
「そっか、それならよかった」
 玄関に行く私につきそうように、彼方が後ろに続く。
「そうだ柚月、忘れ物」
「え?」

私は手ぶらで来たはずなんだけど、いったい何を忘れてきたんだろう……。
　チュッ。
「なっっ!?」
　お、おお、おでこ、また……!!
「じゃあね、柚月……あ、家まで送っていこうか？」
「と、とと、隣だから大丈夫！　ま、またね!!」
「うん、また明日ね」
　彼方に見送られ、私は隣にある自分の家に駆け込む。
　部屋に入り落ち着こうとするも、はぁはぁと息も荒く、なかなか落ち着けない。
「『わからせてあげるしかないよね』って言われてもっ」
　頭の中が混乱したままで、もう何がなんだか……。
「……今日はもう早くお風呂に入って、早く寝よう」
　うん、そうしよう……もしかしたらほら、寝て起きたら全部夢……だなんて……。
「ありえない、か」
『今さら、ただの幼なじみに戻るつもりないから』
　絶対に、とでも言うように、はっきりと告げられた言葉。
　その言葉を、その現実を、私はまだ受け止められないでいたのだった……。

『——みんな、僕のことすごいって言うんだ』
　ノイズが走るように流れる風景。
　これは、私と彼方が小学生の頃の思い出だ。

『すごいね、一色くんは本当に……すごいねって』
　そうだ、彼方、昔は天才なんじゃないかって言われるくらいテストはいつも満点で、走るのもいつも１番。
　何事にも真剣で、何事にも人一倍真面目に取り組む子だった。
　まるで今とは正反対だ。
　だけど私たちが高学年に上がった頃から、彼方は物事の全てを諦(あきら)めてしまったのだ。
『成績がいいからってそれがどうしたの？　どうしてみんな僕のこと、そういう目でしか見てくれないの？』
　彼方の両親は、成績よりも『彼方が伸び伸び育てばそれでいいから』と言うような、とても優しい人たちだ。
　だがこのとき、２人の仕事が忙(いそが)しくてあまり彼方にかまってあげられなかったらしい。
　そして、よくしゃべるほうでもなく、人づき合いがいいほうでもない彼方の周りには、気づいたら私以外誰もいなかった。
　彼方を褒(ほ)めていた大人たちも、媚(こび)を売るように話しかけていたクラスメイトも、彼方が何もしなくなった途端(とたん)、みんないなくなっていた。
『柚月だって、きっと僕のことなんてもう必要ないんでしょ？　どっか行っちゃうんでしょ？』
『そんなことない！　私は彼方と一緒にいる！』
『嘘(うそ)だ、そんなの』
『嘘じゃない！』

ぎゅっと、今よりも小さい彼方の手を握る。
『どんな彼方だろうが、私は彼方と一緒にいる！　絶対にどこにも行かないから！』
　幼なじみとして彼方の支えになれれば。
　そう思っていた。
　これからもそうだと思っていた。
　彼方の、支え……に……。

「――づき、起きて、柚月」
「んんっ」
「柚月ってば」
　ゆさゆさと揺さぶられる。
　少しだけ目を開いて窓の外を見ると空は明るく、ああもう朝かと思って私は起き上がった。
　……ひどく、懐かしい夢を見た気がする。
「おはよ、柚月」
「ふぁあ～、おはよう彼方…………彼方？」
「ん、なに？」
「え？　かな、た？」
　私のベッドのかたわらに、私を見つめながら微笑む彼方。
「どうして彼方が私の部屋に!?」
「どうしてって、柚月を起こしに来たんだけど」
「起こしに？」
　いつもは私が彼方を起こすほうなのに……。
「寝坊は柚月に起こしてもらうためにわざとしてるって、

前に言ったでしょ？」
「た、確かに言ってた、けど……」
「別に起きようと思えば起きられたし。だから今日はいつもより早く起きて、柚月のこと迎えに来たんだ」
　なんて、愛おしそうな表情で見つめられる。
「これからは毎日、柚月のこと迎えに来るから」
「ま、毎日？」
「明日も明後日(あさって)も……柚月が嫌だって言うまで、ずっと」
　彼方がベッドに足をかけると、重みでベッドがギシリと鳴る。
　そのまま寝起きでまとまってない私の髪を、彼方は優しく撫で上げた。
「だって、柚月に甘えたままじゃ何も変わらないから」
「彼方、あの、顔近いっ」
「だから俺、柚月に好きになってもらうために、本気、出すから」
「あわ、あわわわわっ」
　私の頬に手をそえ、熱っぽい瞳でじっと私のことを見つめる彼方。
「柚月」
　と彼方は可愛らしい笑顔を見せ……。
「覚悟、してね」

　こうして、超がつくほど無気力な私の幼なじみは、本気になってしまったのだった。

chapter:2

「俺のことだけ見てて」

「柚月、おはよう」
「……お、おはよう」
　彼方が私を迎えに来るようになって早２週間。
　あの無気力だった彼方はいったいどこへ行ってしまったのだろうか……。
「一色、最近お前なんか変わった？」
　なんてクラスのみんなにも言われるほどだ。

「ちょっと売店に行ってくる。ついでに何かいる？」
　昼休み、そう問いかけてきたのは彼方で、「ついでに何かいる？」はいつもなら私が言うセリフだ。……今までなら。
「え、売店なら私が」
「柚月はここで待ってて。俺が行くから」
「……じ、じゃあ、ミルクティーを」
「ん、わかった」
「あ、ちょっと彼方！　お金！」
　売店に向かおうとする彼方にお金を渡そうと、カバンに手を突っ込んで財布を出す。
　そんな私の手を制すようにやんわりと包み込み、グッと顔を近づけた。
　……へ？

「そんなの気にしなくていいから。ね？」
「でもっ」
「……どうしてもって言うなら」
「キス、1回」と私にしか聞こえないように、吐息交じりに囁いた。
　キ、キ──ッ!?
「なんて、半分冗談」
「ふぇ……は、半分？」
　にこりと可愛らしい笑顔を見せて、「じゃあ、いってきます」と彼方は教室を出ていく。
　半分冗談って……半分、本気!?
「ふぇぇえ!?」
　だって、キ、キスって……！
「うぅっ」
　自分の顔に熱が集まるのがわかる。
　それから彼方が帰ってくるまでずっと、その顔の熱が引くことはなかったのだった。

　さて、彼方の変わりようは、じつはこれだけではない。
「えっ、あのすごく速い人って本当に一色くんなの!?」
「嘘!?　だって……ええ!?」
「すごく……カッコいい」
　周りにいる女の子たちが、驚いた様子でざわつき始める。
　それは体育の授業でのことだ。
　本日の競技はバスケットボールで、男子と女子、それぞ

れ分かれて授業は開始。
　いつもなら彼方は「んー……疲れた、もう走れない」なんて言いながら休み休み適度に頑張る、という感じなのだが……。
「一色、お前なんで今日はそんなやる気なんだよ!?」
「なんだよあれ、ぜってぇ追いつけねぇ！」
　上手(うま)い、なんてレベルじゃない。
　もはや他の男の子たちに指１本触れさせないほどの速さで、ドリブルをしながらゴールを目指す。
　……本当に、あれは彼方なのだろうか？
「一色、パス！」
「ん、ありがと」
　決してワンマンプレーというわけでもなく、同じチームの男の子たちと綺麗に連携(れんけい)を取りながら進んでいく。
　そのまま冷静に敵チームをかわし、手を軽くそえて華麗(かれい)にゴールの中にボールを入れた。
「一色、お前どうしたんだよ、急に！　最高にカッコいいじゃねぇか！」
「一色くん！　こっち向いてー！」
「すごくカッコよかったよ、一色くん!!」
　男の子たちの興奮した声と、女の子たちの黄色い歓声(かんせい)が交じる。
　そんな声は聞こえてないとでも言うように、彼方は私を見つけるとすぐにこちらにやって来た。
「柚月、俺のこと見てくれてた？」

「へ？」
　少しだけ息を切らせた彼方は、じっと私を見つめてくる。
「見てたよ……その、すごくカッコよかった」
「本当に？」
「うん」
　思ったことを口にする。
　さっきの彼方は本当にカッコよかった。
　すると嬉しそうに目を細め「……柚月にカッコいいって言ってもらえた」なんて言いながら、少し頬を赤くさせて可愛らしい笑顔を私に見せた。
「また柚月にカッコいいって言ってもらえるように頑張るから……だから、俺のことだけ見てて」
「おい、一色！　次の試合始めるから戻ってこーい！」
「あ、呼ばれちゃったからもう行かなきゃ。また後でね、柚月」
「うん、また後で……」
　手を少しだけ振って彼方の背中を見送る。
　直後、周りにいた女の子たちが、わっと私のそばに集まってきた。
「近衛さん、いったい一色くんはどうしちゃったの!?」
「いつものだら～っとした一色くんも可愛かったけど、カッコいい一色くんも最高！」
「いいなぁ近衛さん、あんなにカッコいい幼なじみがいて、しかもすごく仲がよくて」
「ちょっと、あんたには仲のいい彼氏(かれし)がいるでしょーが」

口々に、みんな彼方がカッコよかったと興奮気味に言う。
　そして次の試合が始まると、また彼方に黄色い歓声が湧き上がった。
　……まるで、私の知らない彼方がそこにはいるみたいで。
　なぜかモヤッとした気持ちを抱えながら、私はその光景をじっと見つめていたのだった。

「──さて、来週は中間テストです。まさか忘れてました、まだ何も勉強してません、なんて生徒はこのクラスにはいませんよね？」
　帰り間際、プリントを配りながらニコニコ笑顔でみんなを見回しているのは、このクラスの担任である真壁先生だ。
　少しパーマがかった焦げ茶色の髪と銀縁のメガネが特徴で、いつも優しい笑顔を浮かべている男の先生。ちなみにイケメンで、今年27歳になるらしい。
「……中間テストって、来週だったっけ」
　どうしよう、すっかり忘れてたと頭を抱えているのはもちろん私だ。
　でもまあ、テストまではまだ数日あるし、いつもなんとか乗りきれてるし……。
「大丈夫、いつも一夜漬けで乗りきれてるから今回も……なんて思っているそこのあなた」
「っ!?」
　ギクリと、教室の半数以上の生徒の肩が揺れた。
「他の教科は知りませんが、私が担当している英語のテス

トはうんと難しくしておきましたので、しっかりと勉強してくださいね」
　……え、ちょ、うんと難しくって……あの、いつも十分難しいと思うんですが。
「まあちゃんと予習復習ができている人にとっては簡単だと思いますので、私のクラスの生徒がまさか赤点なんてことは……おや、なぜクラスの半分以上の生徒が私から目をそらすのでしょう？」
　おっとりした口調だが、言ってることは軽い脅しのようなものだ。
　しかもこの先生の場合、優しそうに見えて赤点を取った生徒には本当に容赦がない。
　大量の課題、課題、そして課題。
　ちなみに30点以下が赤点となるが、私の場合はいつもギリギリのラインで……。
「……はぁあ」
　重いため息がそっと、私の口からこぼれたのだった。

「ねぇ、柚月」
「ん？　どうしたの彼方？」
　放課後になり、帰る準備をしていると、ちょいちょいと制服を引っ張られる。
　見ると、彼方が心配そうに私の顔を覗き込んでいた。
「柚月、すごく難しい顔してる……もしかして英語のテストのこと？　英語苦手だって柚月前に言ってたよね？」

「えっと……はい、かなり不安です」
　今から勉強したとして、はたして間に合うのだろうか。
　テストは英語だけじゃないし、まずは何からどう勉強したら……。
「じゃあ、一緒に勉強する？」
「え、一緒に？」
「英語得意だから。わからないところがあったら、教えてあげられるかなって」
　英語得意だったなんて初めて聞いたな……。
　でも1人で勉強したってすぐ投げ出しちゃうだろうし、教えてもらえるなら、それほどありがたいことはないと思うけど……。
「でもこれは私の問題だし、彼方にわざわざつき合ってもらうわけには……」
「柚月、なんで俺のこと頼ってくれないの？」
　気づくと教室には私と彼方しか残っておらず、彼方の悲しそうな声が辺りに静かに響く。
「柚月に頼ってほしい……柚月が好きだから、柚月の役に立ちたい」
「うっ、あの……そのっ」
　好きだとごく自然に言われると、なんて返せばいいかわからなくなってしまう。
「教えてもらえるのは、ありがたい、けど……」
「けど？」
「……えっと」

断る理由なんて、1つも見つからなかった。
「……じゃあ……お願い、しようかな」
　とりあえず明日からということで、私は彼方と2人でテスト勉強をすることとなったのだった。

「……彼方」
「ん、なに？」
「……これ、わかりません」
　開始から数分、早くもいくつかの問題につまずいてしまった私は、深々と彼方に頭を下げていた。
「頭なんて下げないでよ。教えるためにいるんだから、そんなに恐縮しないで」
「うぅ、だってっ」
　現在、放課後の教室。
　横並びに机をくっつけて、彼方に教えてもらいながら、目の前の教科書と向き合う。
「ここは確か教科書の、このページが参考になるかな。それでここが……」
　クラスのみんなは相変わらずさっさと帰ってしまい、静かな教室に彼方の声と、教科書のページをめくる音だけが響く。
「んーと……あ、そうか。ありがとう彼方、やっと理解できてきた気がする！」
「うん、どういたしまして」
　彼方の教え方はとてもわかりやすく、絶望的かと思われ

た英語の勉強も順調に進んでいく。
「それにしても彼方、本当に英語得意だったんだね……あれだけ一緒にいたのに、知らなかったな」
　バスケットボールがあんなに上手だとか、英語が得意だとか……私の知らない彼方がそこにはいて、それがちょっと寂しく感じる。
「ああでも、彼方って昔はすごく頭もよかったし、今でも勉強すれば学年上位狙(ねら)えるんじゃ……」
　しまったと、そこで言葉を切る。
　彼方に昔話は禁句だ。話題を変えないと。
「あ、あー、そういえばー、んーと……！」
「話題、無理に変えなくていいよ」
「あー……ごめん。昔の話、嫌だったよね」
「まあいろいろあったけど……柚月のおかげで、救われたから」
「私が、彼方を救った？」
　違う。それは違う。
　私は彼方を救ったんじゃ……。
「昔、柚月が俺と一緒にいるって言ってくれたこと、今でもちゃんと覚えてる。最初はそんな言葉信じられなかったけど……でも、柚月はちゃんと俺のそばにいてくれたから」
　頭もよくてなんでも器用にこなし、周りからすごいね、えらいねと言われながら育った彼方。
　そんな言葉に押しつぶされて、もう何もいらないと全てを諦めてしまった。

本当に全部……信じることすらも、彼方は諦めていたんだと思う。
　だからこそ、私だけは諦めないと誓(ちか)った。
「でも私は、一緒にいてあげることしかできなかった。本当にそれだけしか……」
「それだけなんて、言わないで」
　突然、私を抱きしめる彼方。
「へ!?　か、彼方!?」
　首元に顔をうずめ、甘えるように私にすり寄る。
「彼方、だ、誰か来ちゃうよ！」
「来たら、そのときはそのとき」
　ここは教室だというのに、彼方は私を抱きしめたまま一向に離れる気配はない。
「柚月が一緒にいてくれて、離れないでいてくれてすごく嬉しかった。柚月だけは本当の俺を見てくれてる……柚月だけは、ちゃんと俺のことを理解しようとしてくれてるんだって」
「……そんな、大げさなことじゃないよ」
「でも、俺はすごく嬉しかったから……だからこそ、柚月が俺から離れたらって考えただけで、頭がおかしくなりそうで……」
「いっそどこか閉じ込めちゃいたいくらい」と耳元で囁かれた声は、甘く魅惑(みわく)的で、頭の中にじわりじわりと浸透(しんとう)していく。
「でも、柚月の嫌なことは絶対にしたくないから……ねぇ

柚月、ずっと柚月のそばにいたいから、早く俺のこと好きになって」
「……あっ」
　キス、できてしまいそうな距離だった。
「柚月ってすぐ顔真っ赤になっちゃうよね」
「う、うるさいなぁ！」
「そんなところも、すごく可愛い」
「ひぅっ!?」
　フーッと耳に息を吹きかけられる。
　う、うぁ、変な声出た。
「耳、苦手なの？」
「そそ、そういうわけじゃなくて」
「苦手じゃない？　本当に？」
「ぅひ……っ、っ」
　くにくにと耳たぶを指先で揉まれ、思わず私からも彼方を抱きしめてしまう。
　くすぐったくて、なんかすごくゾクゾクッてする……。
「か、彼方っ」
「…………」
　名前を呼ぶと、彼方はピタリと動きを止め私をじっと見た。
　今度はなに……？
「……ごめん、柚月の声がその……――だったから、ちょっと、あの」
「へ？」

「……うん、勉強を続けよう。このままじゃ本当に、柚月のこと……な、なんでもない」
　ぶつぶつと言いながら顔を赤くして私から離れた彼方。
　い、いったいなんだったの……？
「じゃあ、勉強の続きしよっか」
「う、うんっ」
　触れられた耳の熱さをごまかすように、私は必死に教科書と向き合う。
　だけどその日はずっと、耳元に集まった熱が引くことはなかったのだった。

　──それからテストまでの数日間、放課後は彼方と２人きりの勉強会を開いた。
　最初は英語だけの予定だったテスト勉強だが、彼方がついでだからと言って、テストがある教科全てを私に教えてくれたのだ。
　そして気づけばテスト当日。
　彼方に教わったおかげか、とくにこれといってつまずくこともなく、中間テストは無事に終わりを迎えた。
「よかったぁ～、赤点じゃなかった～！」
　すぐにテストの返却日はやって来て、自分のテストの点数を確認し、私は安堵の声を出しながら背伸びをする。
「ありがとう、彼方のおかげだよ！」
「そんなことないよ。柚月がちゃんと勉強したから」
「彼方が教えてくれたからだよ！　本当にありが……」

そこで、チラリと彼方のテストが視界に入る。
　思わず見てしまった彼方の点数は、見事なまでの100点で……え、ひ、100点？
「彼方、100点だったの!?」
「うん、柚月と一緒に勉強してたらいろいろ覚えちゃって……それにもう、大丈夫だから」
「……大丈夫？」
　いったい何が大丈夫なのか。
　その言葉の意味は、すぐに理解することになる。

「……学年、１位……彼方が」
　テスト後に貼り出される学年順位表。
　今回は全教科ほぼ満点の彼方が、見事に１位を飾っていた。
「彼方、１位って……」
「ん、頑張った」
　教室に戻り彼方が席についた途端、クラスのみんなが彼方の机を囲む。
「一色お前、１位とかすげーな！」
「最近本当にすごいな、お前！　いったいどうしたんだよ！」
「ねぇ一色くん、今度私に勉強教えてよ！」
「あ、私も私も！」
　周りからすごいすごいと口々に言われる彼方。
　まるで昔の彼方のような……。

昔、の……。
「……ぁ」
　まずい。ダメだ。それはダメだ。
　彼方にその言葉はダメだ。
「彼方……！」
　今、彼方を守れるのは私だけだ。
　私が彼方を守らないと。
　私が……！
「柚月」
　優しい声で名前を呼ばれた。
「もう、大丈夫だから」
　……そうか、大丈夫とはこういうことか。
「すっげーよ、お前！　ほとんど満点じゃん！」
「うん、あり……がと。うん、勉強頑張ったから」
　ぎこちなくクラスのみんなに受け答えする彼方を、ただじっと見つめる。
　そこには、私が入る隙間なんてこれっぽっちもなくて。
「柚月？　ぼーっとして、どうかした？」
「え？　あ、ううん別に」
　私は「なんでもない」と、返すことしかできなかった。

「……ちょっとだけ、甘えてもいい？」

「一色くんおはよー！」
「きゃー！　一色くんこっち向いてー！」
　登校中、あちらこちらで聞こえてくるのは女の子たちの黄色い声だ。
「ほら、あの人が噂(うわさ)の一色くんだよ！　カッコいい〜！」
　彼方がテストで学年１位を取ってから、ちょうど１週間。
『成績優秀(ゆうしゅう)・運動神経抜群(ばつぐん)・おまけに美男子』という噂は一気に学校中に広まり、今では女の子たちの注目の的になっていた。
　それまであまり目立つ行動をしてこなかったからここまで騒(さわ)がれることはなかったけれど、確かに彼方ってすごく顔も整ってるし……そりゃあモテるだろうなと私も納得できる。
　まあ、本人はまったく気にせずって感じなんだけど。
「最近本当にすごいね。学校中の女の子が彼方に夢中っていうか……」
「……柚月こそ、俺だけに夢中になっちゃえばいいのに」
「へ？」
　ぽつりと呟いたと思ったら、少し眠たそうな足取りで自分の席へと向かった彼方。
『俺だけに夢中になっちゃえばいいのに』って……。
「……うっ」

言葉の意味を理解して、自分の顔が熱くなるのを感じる。
　それをごまかすように、私は急いで自分の席についた。

「――本日の欠席者は１名、ですか」
　教室全体を見回しながら、先生が出席簿にチェックを入れる。
　私の左隣……彼方は右隣の席なので、それとは反対側の席が空席になっていることから、今日の欠席者は彼なのだろう。
　そういえば、彼が欠席するのは珍しい気がする。
　珍しいと言うより、一緒のクラスになって初めてかもしれない。
「最近少しずつ涼しくなってきていますから、皆さん風邪などには十分に気をつけてくださいね」
　やわらかな先生の声が響き、そこで朝のホームルームは終了した。

　それから午前中の授業が終わり、昼休みになると……。
「一色、数学の課題見せてくれよ！」
「バスケ部に入ってくれよ、一色～！　今からでも遅くねぇからさ！」
「なあお前、陸上には興味ねぇのか？」
「あ、俺には英語の課題見せてくれ！　頼む!!」
　とまあこんな感じで、彼方の周りにはたくさん人が集まってくる。

前は誰かに話しかけられても『……面倒くさい』という感じであまり積極的に交流しなかったのだが、今はどこかぎこちないながらも、1人ずつ丁寧に応えている様子だ。
「一色くん！　この問題わかんないんだけど、教えてもらってもいい？」
「あ……うん、いいよ」
「一色くん、私も私も！」
　あっという間に、私と彼方との間に女の子の壁ができる。
「…………」
　なんだろうこの疎外感……。
「あ、柚月、どこか行くの？」
　立ち上がって教室を出ていこうとしたところ、それに気づいた彼方が私に声をかける。
「ちょっと売店に行ってくる」
　まるで逃げるように、私は教室を後にした。
「……あ、財布持ってくるの忘れちゃった。これじゃあ、何も買えないよ」
　見事に手ぶらで教室を出てしまった私は、どうしようもなくトボトボと1人静かな廊下を歩いていた。
　このまま教室に戻る……のは、なんだかなぁ。
　まだ彼方の周りにはたくさん人がいるだろうし……。
「おや、近衛さん」
「へ？　あ、真壁先生……って、すごい荷物ですね」
　声がしたほうを向くと、両手で抱えるほどの大きな段ボールの上に小さな段ボールを2つほど載せ、歩きづらそ

うにこちらに向かってくる真壁先生がいた。
　これじゃあ視界だってよくないだろう。
「私でよければ、運ぶの手伝いましょうか?」
「ああ、お心遣いありがとうございます。ではお言葉に甘えて、上の小さな段ボールをお任せしてもよろしいでしょうか?」
「これですね。よっと」
　小さな段ボールは思ったよりも軽く、2つくらいなら私1人でも十分運べそうだ。
「これはどこに運ぶんですか?」
「とりあえず用務室に置いておこうかなと」
「用務室ですね、わかりました!」
　ちょっと距離があるのは大変だけど、あのまま先生を見過ごすわけにもいかなかったし。
「でも近衛さん、本当によろしかったのですか?　ついお声をかけてしまいましたが、どこかに行く途中だったのでは……」
「ああ、じつは売店に行こうとしたんですけど、財布を教室に忘れちゃいまして……」
「おやおや、それは」
　人通りのない廊下を、先生と2人で歩く。
　先生はおっとりとした話し方で、一緒にいるとすごく落ち着く。
「そういえばこの前のテストはすごくいい点数で、担任としてとても嬉しく思います。確か、一色くんと残って勉強

をしていましたよね？」
「はい！　いやもう彼方……一色くんって、すごく教えるのが上手で！」
「そうですか。一色くんも最近すごく人気者になりましたし、そろそろ私の人気も越されてしまいそうです……困りました」
「テストをもっと簡単にしてくれたら先生の人気も急上昇かと！」
「あ、では諦めましょう」
「諦めるの早くないですか!?」
　そんな冗談を言い合いながら、私と真壁先生は用務室を目指した。
「あ、真壁先生やっと見つけた！　今、ちょっといいですか？」
　突如、背後から真壁先生に声がかかる。
「おや、私に何か？」
「ちょっとお話ししたいことが……って、お忙しそうな感じですかね？」
　話しかけてきたのは隣のクラスの担任であり、数学を受け持っている野沢先生だ。
　ちょっと短めの黒髪で、その雰囲気は爽やかという言葉がピッタリ合う男の先生。ちなみに24歳。
　その若々しさと性格の明るさ、話しやすく生徒思いなところがとても人気だ。
「とりあえず、これを運んでからでもいいですか？」

「先生、そっちも私が運んでおきますよ!」
「近衛さん……いえ、とてもありがたいお言葉なのですが、こちらは少々重さがあるので、近衛さん1人では——」
　そのとき、真壁先生の言葉を遮るように、
「じゃあ、俺が運んどきます」
　そんな声がかけられた。
「これはこれは一色くん、本当によろしいのですか?」
「はい、大丈夫です」
「って、彼方!?」
　まさかの登場に驚きを隠せない。
　なんで彼方が……さっきまで教室でみんなに囲まれてたのに……。
「重いので気をつけてくださいね。では、こちらは第1実習室の隣にある用務室までお願いします。鍵は開いていると思いますので、適当に置いておいてください」
「っと、重た」
　大きな段ボールを手渡され、少しだけふらつく彼方。
　そんなに重たい段ボールを、先生は今まで涼しい顔して運んでたんだ……。
「近衛さん、一色くん、本当にありがとうございます。で、どうなさいましたか、野沢先生?　もう合コンはこりごりなのですが……」
「超絶イケメンオーラで女の子をみんな釘づけにしておいて何を!　ってそういうお話じゃなくて!!」
　そんな会話を繰り広げながら、先生2人は遠ざかって

いった。
　……さて。
「ど、どうして彼方がここに!?」
「それはこっちのセリフ……とりあえず、これ運ぼ」
「……うん」
　彼方とともに用務室へと向かう。
　用務室につくと、先生の言ったとおり鍵もちゃんと開いていた。
　適当に置いておいてくださいって先生言ってたよね。
　それにしても、結構狭いなぁ用務室。物が多くてごちゃごちゃしてるし……とりあえず、邪魔にならない隅にでも置いておこう。
「で、改めて、なんで彼方がここに？　教室でみんなに囲まれてたのに」
「……柚月が、帰ってこなかったから。売店行ったにしては帰りが遅いなって、心配した」
「あ、あー……ごめん、その、売店に行こうと思ったんだけど財布を教室に置いたまま出てきちゃって。どうしようってふらふらしてたら、重そうな荷物を運んでる先生と会って……」
「……そう、なんだ」
「でも、彼方はみんなに課題とか教えてたんじゃないの？　ほら、女の子たちが教えて〜って」
　女の子たちが『教えて』と言ったことに対して、彼方も『いいよ』と返していたはずだ。

「それは、また今度にしてもらった」
「そう、なんだ……もう、私のことなんて気にしなくていいのに!」
『気にしなくていいのに』
　その言葉を発した瞬間、たとえようのない違和感が胸の中に広がった。
　まるで、『本心は違うでしょ』とでも言いたげな、そんな感じ。
「……柚月はそんなこと、本気で言ってるの?」
「へ?」
　突如、ダンッと顔の横に両手をつかれ、逃げられないように壁際に追い込まれる。
　なんだか、彼方の雰囲気がちょっと怖い。
「か、彼方?」
「気にしなくていいのになんて、そんなこと本気で言ってる?」
「彼方ごめん、何か気にさわるようなこと言ったなら謝るから、あのっ」
「俺が、柚月のことがどれだけ好きか……まだちゃんと理解してくれてないみたいだね」
　理解はしているつもりだ。
　受け入れられてないだけで。
「彼方、ちょっと落ち着いてっ」
「そうだよね、まだ全然足りないよね。……それなら、もっと……好きって伝えなきゃね」

と囁かれた声に、ゾクリと全身に痺れが走った。
「どう伝えればいい？　言葉？　それとも、もっと別の何か？」
「ひぇ!?」
　するりと脇腹を撫でられ、間抜けな声が出てしまう。
「どう伝えるのが1番いいのかな。ねぇ、柚月……柚月」
　こてんと私の肩に額をつける。
　そのままゆるく、私を抱きしめた。
「……かな、た？」
　彼方の身体は、少し震えていた。
「柚月……ちょっとだけ、甘えてもいい？」
「う、うん」
「ありがと」
　肩に顔をうずめたまま、彼方は動かなくなってしまう。
「……ごめん。柚月に、好きって気持ち……押しつけようとした。本当にごめん」
「彼方は悪くないから。だから、謝らないで」
「柚月がなかなか帰ってこなかったから……すごく不安になって、いてもたってもいられなくて、なんだか柚月が、俺のそばから離れていっちゃうような気がして……」
　絞り出すようなその声は、彼方がどれだけ不安で苦しいのかを表しているようだ。
「だから、押しつけてでも自分のそばにって、思っちゃって……ごめん、もう絶対にしないから」
　彼方を不安にさせているのは私だ。

彼方を苦しめているのも私だ。

　謝らなきゃいけないのは、私のほうだ。

「大丈夫なんて言っておいて、こんなんじゃカッコ悪いよね。本当にごめんね、柚月。じゃあ、そろそろ教室に戻ろっか」

　私から離れる彼方の制服の袖を、『待って』と言うようにつかんだ。

「……柚月？」

「え、あ、その……えっと」

　なんて言えばいい？

　なんて伝えればいい？

「んーっと、だから……ちょ、ちょっと待ってね」

　深く深呼吸をする。

　心を落ち着かせて、ゆっくりと。

「あ、謝らなきゃいけないのは、私のほうだよ、彼方。彼方はこんなにも気持ちを伝えてくれてるのに、私はまだわからないままで……受け入れられても、いなくて」

　受け入れられない。

　受け入れたくない。

「今まで幼なじみとして彼方と一緒にいて……でも今は全然違って……余計に、どうしたらいいかわかんなくなって」

　今までは、いつも隣にいて当たり前の"幼なじみ"だった。

　じゃあ今は？

　そう考えると、頭の中がぐちゃぐちゃになって……。

「それに最近は、彼方すごく人気者で……私が入る隙間なんてないのかなって、思っちゃって……そしたらなんか、モヤモヤしてきて」
「……柚月」
「みんなと彼方が仲よくなって私も嬉しいはずなのに、なんでこんな気持ちになるのかわかんなくて……だからあの場にいたくなくて、彼方を置いて１人で出てきちゃって、その……ごめん、なさい」
「……えっと、柚月それってもしかして……ヤキモチ、焼いてくれてる？」
　彼方の言葉で、私の頭の中は一瞬真っ白になった。
「……」
「……柚月？」
「……へ!?　あ、え!?」
「柚月、大丈夫？」
「だ、大丈夫！　んーっと……ヤキ、モチ？」
　ヤキモチ？
　これが、ヤキモチ？
「……ヤキモチ」
「そうかなって思っただけだから。違うなら言って」
「ううん、きっとこれ……ヤキモチだ」
　ストンと胸の中におさまるような、そんな感覚。
　私、ヤキモチ焼いてたんだ……。
「あ、あはは、１人で勝手にヤキモチ焼いてむしゃくしゃして……バカみたいだ、私」

「そんなことない。柚月が妬いてくれて、俺は嬉しい」
「でも……」
「幼なじみとして焼いてくれたヤキモチでも、それはそれで嬉しいから」

　彼方の気持ちは真っ直ぐだ。

　それにちゃんと向き合えないまま、勝手に嫉妬して彼方を不安にさせて、本当に私はバカだ。
「……幼なじみって関係が壊れることが、怖かった」
「柚月？」
「これからどうなっちゃうんだろうって、怖くて仕方なかった……でもっ」

　目をそらさないで。

　ちゃんと前を向いて。
「立ち止まったままじゃ、きっとバカな私から変わらないままだからっ」

　怖くても辛くても、進まなきゃ。
「……俺も怖かった。幼なじみって関係にすがりたかった」
「彼方も？」
「でも、怖くても好きって伝えたかった……たとえ拒絶されても、言わないで後悔するほうが嫌だった」

　そっか……彼方も、怖かったんだ。
「ねぇ彼方、私、彼方の想いにちゃんと向き合うから……だからどうか、もうちょっとだけ待っててほしい」
「うん、わかった。力になれることがあったら言ってね」
「……ありがとう」

優しく頭を撫でられる。
　それがあまりに心地よくて、ずっとこの場所にいたくなってしまう。
　ずっと……って、
「あ、あれ、今何時!?」
　なんだかすごく時間が経(た)ってしまったような!?
「あ……ちょっと、ヤバイかも」
「あわわわ、ちょっとじゃなくヤバイってこれ！」
　用務室にある時計を見ると、もうすぐ昼休みが終わってしまう時刻を指していた。
　は、早く戻らないと！
「い、行こう彼方！」
「……ねぇ柚月、好きだよ」
　唐突(とうとつ)な告白に、つい間抜けな声が出てしまう。
「え、えーっと」
　もう、目をそらさないって決めたから。
「彼方っ」
「柚月、大好き」
「……うん」
　私から彼方に対しての"好き"の気持ちが幼なじみとしてなのか、もっと特別な何かなのかはまだはっきりとはわからないけれど。
　自分なりの"好き"を、今度こそ逃げないでちゃんと探していこう。
　そんなことを思いながら、私は用務室の扉を閉めたの

だった。

「——俺だって、いつもヤキモチ焼いてる。柚月が他の男の子と話してるだけで、早く柚月から離れてって叫びたくなる」

 それは、学校から家に帰る途中のことだった。

 彼方がぽつりぽつりと、言葉をこぼしていく。

「柚月に好きな人ができたらどうしようって思っちゃうし、他の男の子が柚月を好きになっちゃったら……柚月がもし、その子を選んじゃったらって……」

 だんだんと彼方の顔が沈んでいく。

 な、なんだかいろいろと悪いほうに考えが向かってる!?

「ま、まあまあ！　こんな私を好きになるようなもの好きはそうそう……」

「ここにいますけど？」

「あ……あー……」

「まったく、柚月はもうちょっと自分が可愛いってこと自覚するべきだと思う」

 むーっと少しだけ不機嫌そうに、そして愛おしそうに、彼方は私を見つめた。

「柚月の可愛さとか素敵な部分とか、みんなにたくさん知ってほしいと思う反面、自分しか知らなくていいとも思う」

 矛盾している想い。

 これが"好き"ということなら、なんて難しくてややこしい感情なのだろう。

「そんな柚月にいつ誰が気づいちゃうんだろうって、気が気じゃないんだ」
　突然立ち止まった彼方につられ、私も足を止める。
　そのまま彼方は私の頬から髪へ、ゆっくりと指先で撫でていく。
「だからね柚月、あんまり可愛い顔、他の男の子には見せちゃダメだよ。柚月のことが好きなのは俺だけでいいから。他は、いらないから」
「……っ」
　髪を少しだけすくいとられ、そこに口づけを落とされる。
　その仕草があまりに綺麗で、気づけば私は彼方に釘づけになっていたのだった。

「近衛くん、どうやら僕は君のことが、好きになってしまったみたいなんだ」
　まさかこんなことになってしまうとは、このときの私は知るよしもなかったのだった……。

「やっと、2人きり」

　私の左隣の席にいる彼の話をしようと思う。

　右隣は彼方なので、要するにその逆の席。窓際にあたる席に座っている彼。

　名前は、鬼龍院司くん。

　少し長めの外側に跳ねた黒髪にスラリと高い身長。大人っぽくてカッコいいと1年生の頃から有名だったし、私もそう思う。

　制服はいつもきっちり着こなしており、着崩しているところは一度も見たことがない。

　このクラスの委員長であり、生徒会の書記もやっていて、3年生になったら生徒会長になるだろうとみんな思っている。

　そして、そんな鬼龍院くんはとてもお金持ちだ。

　鬼龍院財閥といえば、セレブ御用達の高級ホテルやレストランをいくつも経営しており、この間とうとう世界進出したとかなんとか。

　そして鬼龍院くんがすごいのは家柄だけではない。

　鬼龍院くんは1年生の頃から『僕は1番になるべき男だ』と宣言し、その言葉どおり球技大会や書道、学校内で募集した短歌、学生向けのポスターコンテスト等々……とにかく、いろいろなところで1番をもぎ取ってきたのだ。

　ただ、足の速い人や絵の上手い人など、ある特定の分野

で飛び抜けた才能を持つ人がクラスに1人はいるもので、その人たちにはさすがの鬼龍院くんでも勝つことはできない。

でもそのとき、鬼龍院くんはこう言うのだ。

"今回は1番を取れなかったが、君には僕にない才能がある。その才能を開花させた君の努力を心から尊敬している。僕よりすごいんだ、もう少し胸を張るといい"

私はこの鬼龍院くんの言葉が大好きだ。

なので鬼龍院くんと話したことはないが、『他人の功績と努力を認めることができる』鬼龍院くんを、私は一方的に尊敬している。

さて、この鬼龍院くんが唯一誰にも譲らなかった1番がある。

それは、テストの点数だ。

1年生の頃からずっと1位。いつ見ても必ず1位。

だけどそれはこの前までの話だ。

だって鬼龍院くんは、この前のテストの成績で1位になれなかったのだから。

「君が一色くんだね？ この前、学年1位だった一色くんで間違いないね？」

それは、朝のホームルーム前のことだ。

数日休んでいた鬼龍院くんは変わらずきっちりと制服を着こなし、整った顔はいつもどおりすごくカッコいい。

そんな鬼龍院くんは今、彼方の机の前に立っていた。

腕を組み、目の前にいる彼方のことを鋭い目つきで見下ろしている。
　高圧的な雰囲気に、今まで彼方に頻繁に声をかけてきていた女の子たちやクラスのみんなも、彼方と鬼龍院くんのことを静かに見守っている。
　って、ちょっと待って！　いったい何事!?
「うん、俺で合ってるよ」
「そうか、やはり君か。……君が１位を……ねぇ？」
　鬼龍院くんの眉間に刻まれたしわが、よりいっそう深くなる。
「なんで……なんで、よりにもよって君が１位なんだ!?」
　突然の大声に、横にいる私の肩がビクッと震えた。
「今まで10位以内にも入ったことのない君が、いつもぼーっとしている君が１位!?　最近、少しはちゃんとしている様子だったが、いったいどういう勉強をしたんだ!?」
「別に、特別なことは何も」
「信じられない！　きっと画期的な勉強方法があるはずだ！　それを隠す気だね!?」
「そういうつもりじゃ……」
「とことん隠す気だね、君は。まあそれなら、その秘密を暴くまで！」
　グッと拳を握り、何かを決意した様子の鬼龍院くん。
「一色くん、君に張りつかせてもらうよ！」
「……え」
　彼方が困惑した声を漏らす。

ちなみに私も困惑している。
　張りつかせてもらうって……んん？
「これからよろしく頼むよ、一色くん」
　鬼龍院くんはそう言って、不敵な笑みを浮かべたのだった。

「さあ一色くん、昼休みだ」
「……そうだね」
「勉強、しないのかね？」
「……しない」
　私と彼方、そして鬼龍院くんとで机をくっつけての昼休み。
　3人で昼食をとり、食べ終わったところで鬼龍院くんはさっそく彼方に話しかけた。
「ふむ、まあ昼休みに勉強をしている様子は僕が覚えてる限りはない……つまり別の時間？　ハッ、そういえば君たち、テスト前は放課後残っていたね？」
　思い出した！と言わんばかりに鬼龍院くんは考え込んでいた顔を上げた。
「あの、鬼龍院くん。あれは彼方というより、私が勉強を教えてもらってたというか……」
「ほお、近衛くんの勉強を見ていたということか。まあ、君たちが放課後残るようになったのは、テストの1週間くらい前だったか……その短期間でいくらなんでも……」
　また考え込んでしまう鬼龍院くん。

ふと彼方を見ると、面白くなさそうに外の景色を見ていた。
　……あれ、なんだか彼方、ちょっと不機嫌？
　そしてそんな彼方の不機嫌度は、放課後に頂点を迎えることとなる。

「なんで、鬼龍院がここにいるの？」
　彼方が思いきり鬼龍院くんを睨みつける。
「学校では何もなかった、ということは放課後しかあるまい！　さあ一色くん、参考書でも買いに行くのかい？　それともどこか塾に通っているとか……」
「何も買わないし、どこにも通ってない」
　いつもどおり彼方と２人で帰ろうとしたら、なぜか鬼龍院くんまで一緒に帰ると言って、今は３人並んで帰宅中だ。
　ちなみに鬼龍院くんの家は逆方向であり、それを本人に言っても「気にしないでくれ」の一点張り。
「そう言って僕に隠れて何かするつもりだな!?」
「俺は、柚月と２人きりで帰りたいの」
「わわっ」
　グイッと彼方に腕を引かれる。
　そんな彼方と私を見て鬼龍院くんがひと言。
「君たちは恋人同士なのか？」
　ド直球の質問に、私は「へ!?」と大きな声をあげてしまう。
「ただ幼なじみと聞いていたが、それにしてはあまりに

も……いや、もし恋人同士なら、さすがに邪魔をしたなと思ってだな」
「……つき合っては、ない。でも鬼龍院はすごく邪魔」
「よし、つき合ってはないのか！ では何も問題はないな！」

　邪魔だという主張は軽く流され、彼方はムムッと眉間にしわを寄せた。
「じゃあ鬼龍院くん、また明日ね」
　結局、鬼龍院くんは家につくまで一緒にいた。
　まさかここまでついてきちゃうとは……。
「本当にどこにも寄らなかったな……まさか、専属の家庭教師がいるとか！」
「いない」
「そ、即答とは……まあ、では仕方ない。今日はこれくらいで許してあげようじゃないか。君たち、また明日もよろしく頼むよ！　じゃあ！」
　と片手を上げ、颯爽と去っていく鬼龍院くん。
『また明日も』って、明日も彼方に張りつくつもりなのかな……。
「……柚月」
「ふへ？」
　気づいたら彼方の顔が近くにあり、そのままぎゅっと抱きしめられる。
　あわ、あわわわ!?
「はぁ……やっと、２人きり」

「あ、あはは……なんだか大変なことになっちゃったね」
「ん……柚月、柚月」
　自分の頬を私の頬にくっつけ、そのままスリスリとすり寄せる。
　うっ……甘えてきてくれる彼方、可愛い……。
「……ありがと、ちょっと落ち着いた」
「う、うん」
　彼方が離れてもくっついていた頬の温もりがまだ残っていて、そこからじわじわと熱が広がっていくようだ。
「また明日ね、柚月。朝迎えに行くから」
「ん、また明日ね」

　そして次の日、案の定、彼方はまた鬼龍院くんにつきまとわれていた。
　次の日もそのまた次の日も、鬼龍院くんと一緒の日々は続き……。
「……くっ、今日も一緒に帰りたいのだが、じつは生徒会の仕事がたまっていてな。残念だが２人で帰ってくれ」
　鬼龍院くんと一緒に過ごし始めて数日経ったある日。
　今日も一緒に帰るのかなと思っていたら、とても残念そうに鬼龍院くんは机の上に積み重なっている紙の束を眺めた。
「す、すごい量の紙だね……」
「明日の生徒会会議の全資料だ。できれば今日中に全てをまとめておきたい」

「今からこれを全部ってこと!?　鬼龍院くん1人で!?」
　それはいくらなんでも無茶というものだ。
　この量を1人でなんて、日が暮れてしまう。
「他の生徒会の人とかは……」
「生徒会では今、風邪が大流行していてな。ほとんどが休みかもしくは早退。そうでなくても残らせるわけにはいかないからな」
「風邪……そういえば鬼龍院くんも、この前休んでたもんね……」
「僕は2位になったショックで寝込んでいただけだ。風邪に負けるほど体調管理を怠ってはいない」
　それが理由で寝込んでたんだ……。
「まあ、そういうことでだ。僕は少し残るが、君たちは暗くなる前に──」
「私、手伝うよ、鬼龍院くん！」
「……俺も、手伝う」
　持っていたカバンを下ろすと、鬼龍院くんは目を丸くして私たちを見た。
「手伝うって……本当に、いいのかい？」
「当たり前だよ！　だって、3人でやったほうが早く終わるし！」
「柚月もこう言ってるし。だから、手伝う」
「そ、そうか、確かに3人でやったほうが効率的だな……あー、なんだ、その……ありがとう」
　と、少し照れくさそうに鬼龍院くんは笑った。

いつもの大人びた笑顔とは違い、少し無邪気な子どもっぽい笑顔だ。
「ではここの端から順にまとめて、最後にホッチキスでとめるのだが……よし、僕がホッチキス係になるから君たちはまとめてくれないか？」
「ここから順にだね、オッケー！」
「……了解」
　こうして、本日は鬼龍院くんのお手伝いをすることとなった。
「だが一色くん、本当によかったのかい？　これでは勉学の時間が減るだろう？」
　パチン、パチンと、ホッチキスの音が何度も響く。
　そんな音の中、ふいに鬼龍院くんは彼方に話しかけた。
　どうやら鬼龍院くんはまだ、彼方が特殊な勉強をしていると勘違いしているようだ。
「家でも、そんなに勉強はしない」
「またそんなデタラメを言う！　そんなにこの僕に、１位になった秘密を教えたくないのかね？」
「本当に、特別なことなんてしてないから」
「……何もしてないのに、あの点数が取れたと？」
　ぽつりと呟くように言った鬼龍院くんの声は、いつもよりも低く、少し怒ったような言い方だ。
　あれ、鬼龍院くん、なんだか雰囲気が変わったような？
「本当に、特別なことはしていないのかい？」
「教科書、一度読んだらだいたい覚えてたから……あとは、

なんとなく応用するだけ。昔からそうだったから」
『昔から』
　その単語は、彼方の昔を知っている私にとってはとても重く感じられた。
「……なんだいそのバカげた答えは。僕をおちょくっているのかい？」
　やっぱり鬼龍院くん、怒ってる。
　彼方を睨みつけ、視線をいっさいそらさない。
「本当の、ことだから」
「そうか、君は天才の部類に入る人物だったか……ははは、すごい才能を持ったものじゃないか。心の底からうらやましいよ、一色くん！」
　一見笑って見えるが、目が笑っていない。
「才能は認めるべきものだ。それは"君にしかないもの"だからだ。じゃあ一色くん、君はなぜ今までその才能を隠していたんだい？　その才能を持っているのに、なぜ？」
「き、鬼龍院くん待って、彼方にも事情が……」
「どんな事情があろうと一色くんが才能を隠していたのは事実。そんな一色くんの存在を知らないまま、僕は毎日勉強して１番を取って、僕の努力は報われたと心から喜び、誇らしげになって……そしてそれは、簡単に君に壊された」
　自分が１番だと信じていた。
　だけどそれは違った。
「才能なんてなくても、努力すれば報われると信じていた。それなのに、やっぱりどんなに頑張ったところで、"才能"

には勝てないのか。……僕の居場所なんて、もう、どこにもない」

　彼方という存在が、才能が、鬼龍院くんの全てを否定した。
「なんて愚かなんだ。自分が惨めで情けない。1番だと喜んでいた自分が醜い。……一色くん、しつこいようで悪いが、本当に特別なことは何もしてないのかい？」

　ああそうか、鬼龍院くんが必死に彼方に『何か特別なことをしているんだろう!?　努力しているんだろう!?』と聞いていた理由がやっとわかった気がする。

　鬼龍院くんは信じたかった。

　自分が努力して1番を取り続けた栄光を、功績を。

　だけど、それはあっさりと彼方に奪われた。

　もし彼方が〝何か努力をして〟1位を取ったのなら、鬼龍院くんも素直にその努力を認めていたことだろう。

　だがそれは違った。

　彼方の〝才能〟に突然あっさりと順位を抜かされ、鬼龍院くんはどんなに衝撃を受けたことだろう。
「……僕は1番になるように言われてきた。ずっと、ずっとだ。できなければ練習した。知識がないと言われれば、どんなジャンルの書物だって片っ端から読みあさった」

　グッと、鬼龍院くんは強く拳を握る。
「これ以上、いったいどうしろって言うんだ!!」

　答えなんて誰にもわからない。

　答えなんてないのかもしれない。

「……すまない。少し、取り乱してしまった」
「鬼龍院くんっ」
「いいんだ近衛くん、何も言わないでくれ。これは僕の問題であって君たちに言うべきことではなかった。……さあ、それよりも早くこれを終わらせてしまおう」

　にこりといつもの笑顔に戻った鬼龍院くんは、またパチンパチンとホッチキスをしていく。

　……苦しそうで辛そうで、立っているのがやっとのような彼に、私はなんて声をかければいい？

　だけどその答えは出ないまま時間だけが過ぎていき、結局、資料をまとめ終わった頃には空はだいぶ暗くなっていた。

「2人とも今日はありがとう。外は暗いし、とりあえず車を用意した。家まで送っていこう」

　そうしてその日、鬼龍院くんの家の車に乗せてもらい、私たちは家へ帰ったのだった。

「──はい、今からテストしまーす！」

　それは、いわゆる抜き打ちテストというやつだった。

　教科は数学。先生は、隣のクラスの担任の野沢先生だ。

　そんな先生の突然の宣告に、クラスのみんなは「えぇー!?」と嫌そうな声をあげる。

　す、数学の抜き打ちテスト!?

「先生、この前テストあったばっかりじゃん！」
「そうだよ先生！　テストなんて嫌だよー！」

「うちの真壁先生にいつも合コンで女の子取られるからって、抜き打ちとかありえねー！」
「中間テストが終わって1番気がゆるんでる時期だろう？ だからやるんだよ、って、真壁先生と合コンのことはいっさい関係ないからな!?」
　話をしている最中も、先生はテスト用紙を配っていく。
「大丈夫かな……数学は得意なほうだけど、まさか抜き打ちだなんて」
「柚月、落ち着いてやればきっと大丈夫だから」
「う、うん、そうだよね」
　そんな私たちの横で、鬼龍院くんが足と腕を組んで彼方を見た。
「ふっ、期末テストを待たずして決着をつけるときが来たようだな、一色くん！」
　高らかに声をあげ、鬼龍院くんは不敵な笑みを浮かべている。
「みんな、テスト用紙は手元に届いてるか？　よし、じゃ始め！」
　先生の言葉を合図に、一斉(いっせい)に用紙をめくる音が響き渡る。
　わっ、このテスト難しい問題ばっかり！
　いや、とりあえず彼方の言うとおり落ち着いて、落ち着いて……。

「……ふぅ」
　テストも無事終わりひと息つく。

うぅっ、最後らへんはさっぱりだったな……。
「ふっ、残念だが一色くん、今回は僕が勝たせてもらうよ。少し難解な問いもあったが、僕はほとんど解けたからね！満点に近い点数は取れているだろう！」
　高笑いとともに、鬼龍院くんは自信ありげな笑顔を見せた。

　数日後、テストはすぐに返却された。
　私は見事に平均といったところだったが、問題は私ではなく彼方と鬼龍院くんだ。
　結果は1点差で、鬼龍院くんが下だった。
　彼方が99点、鬼龍院くんが98点。
　私から見ればどちらもすごいのだが、鬼龍院くんはまたも、彼方に1番を奪われたのだった。

「あんたなんかに、柚月は渡さない」

「そうか、やはり僕は負けたか！」

放課後。

鬼龍院くんはあからさまに空元気で、無理に笑顔を作っているのがわかる。

「き、鬼龍院くんっ」

「なんだい、近衛くん？」

いざ声をかけてみたものの、なんて言えばいいのかがわからない。

だけど私はこのとき、鬼龍院くんの名前を呼ばずにはいられなかったのだ。

「下手ななぐさめはよしてくれよ、近衛くん。僕は１番じゃない。それだけが事実であり、結果だ」

「でも、それでもすごいよ鬼龍院くんは！　私なんてテスト全然できなかったし、鬼龍院くんは十分──」

「僕はこんな半端なものを求められてはいない！　鬼龍院財閥の跡取りとして、僕は……！」

悔しそうに、悲しそうに、今にも泣き出してしまいそうな表情と声。

「……半端なんかじゃないよ、あんたは」

１歩、彼方が鬼龍院くんに近づいた。

「一色くん、君は僕にケンカでも売っているのかい？」

「あんたは半端なんかじゃない……半端なのは、俺のほう

だから」
　彼方……？
「一度、俺は全部諦めた。でもあんたは違う。ちゃんと期待に応えようとしてる」
「だが事実、結果はどうだ？　僕はやはり中途半端なんだよ……！」
「だとしても、俺はあんたがすごいと思う……それは、誇るべきものだと思う」
　それだけ言うと、彼方は鬼龍院くんに背を向けた。
「か、彼方、帰るの？」
「うん。きっと、1人で考える時間も必要だから」
「……そっ、か」
　教室を出るときに、もう一度だけ鬼龍院くんに視線を向ける。
　鬼龍院くんは、ただただ窓の外を眺めているだけで、その光景はいつも以上に大人っぽく見えた。

「ねぇ、柚月」
「なに？」
「ありがとう」
「……ふへ？」
　帰り道、突然の感謝の言葉。
　身に覚えのないお礼に、私は何か『ありがとう』と言われるようなことをしただろうかと頭をひねる。
「柚月がいなかったら、俺はきっと1人だったから。きっと、

まだ諦めたままだったから」
「彼方……」
「ありがとう」
　改めて感謝を伝えられると、胸の奥がきゅうっとなった。
　とっても嬉しくて、こんな私でも誰かを助けることができるんだと信じることができる。
　だから、あんなに辛そうな表情で、無理に笑顔を作る鬼龍院くんも救うことができたら……そう思うのは、少し欲張りだろうか。
「……彼方、私、鬼龍院くんのこと放っておけない」
「俺がいるのに、他の男によそ見?」
「っ!?　ちが、そういうわけじゃ!」
「ごめん、ちょっとからかった」
「からかったって、もう!」
「ごめんってば。……で、放っておけないってどうするの?」
「それは……これから、考える」
　ただのお節介だってことはわかってる。
　でも、このままでいいわけがない。
「んーと、んー、何をすれば……んー……」
　鬼龍院くんは1番に異様にこだわっている。
　鬼龍院くんはそれだけじゃないのに。もっとたくさんいいところがあるのに。
　本人だけが気づいてない。
　気づいてないなら……。
「……気づかせれば、いいんだ」

次の日の朝、少し騒がしい教室で、私は鬼龍院くんに「お話があります」と話しかける。
「どうしたんだい近衛くん、あらたまって」
「えーっと、いろいろ考えた結果、今から、鬼龍院くんのいいところをたくさん言います！」
「……は？」
　目を丸くして、間の抜けた表情をする鬼龍院くん。
　あ、こんな顔初めて見た。
「だから、その、いいところをね、言います！」
「一色くん、近衛くんはいきなりどうしたんだい？」
　鬼龍院くんは、彼方に助けを求めるかのように尋ねる。
「……柚月なりに頑張って考えたみたいだから。聞いてあげて」
「ちょっと鬼龍院くん、怪しげな目で私を見ないで！」
　いやまあ、突然こんなこと言い出したらそりゃあちょっとアレですけども……。
「鬼龍院くんは、勉強以外でもたくさんすごいところがあるんだよ！」
「な、なかなかの力説だな、近衛くん……」
　私の言葉だけで、鬼龍院くんの１番にこだわる考え方が変わってくれるかわからないけれど、言葉に出さなければ絶対に伝わらないから。
「鬼龍院くんは、生徒会に入っててクラス委員長もしてて、すごいと思います！」

「……一色くん、僕は小学生の読書感想文を聞かされているみたいだ」
「……ふっ」
「ちょっと鬼龍院くん、失礼すぎじゃない!? あと彼方、今笑ったでしょ!?」
　こっちは真剣だっていうのに!
　それになんだか、さっきまですごくシリアスだったのにギャグになってきてない!?
「と、とにかく! この前だってすごい量の資料を1人でまとめようとしたり、あんなふうに誰も気づかないところで頑張れるって、そんなにできることじゃないと思う」
「あれは仕事だからだ。請け負った仕事を全うするのは当たり前だ」
「その当たり前がすごいんだよ!」
　グッと拳を握り、思わず前のめりになってしまう。
「それにさ、鬼龍院くんって"相手を認めることのできる"すごい人なんだよ!」
「相手を認める?」
「ほら、努力とか才能とか、自分が負けても鬼龍院くんはグチグチ言わないで、それをちゃんと認めてきた」
「……だが」
「人を認めることって、そうできることじゃないよ。私なんていつも自分は頑張ってもいないのに『ああ、あの人はいいな、うらやましいな』って嫉妬しちゃうこともあるくらいで……だから、鬼龍院くんのことは心から尊敬してる

の」
「……近衛くん」
　私の名前を呟いた後、まるで泣くのを我慢するようにきゅっと口を結ぶ。
「僕は……僕はそんな、君に尊敬されるような人間じゃない。だって僕には、もう何もないじゃないか」
「そんなことない」
　本当に何もないのは、私のほうだ。
　私の、ほうだ。
「ねぇ鬼龍院くん、確かに１番になることってすごいことだし、誇らしいことだと思う。でもそれ以上に大切なこともたくさんあるんじゃないかな」
　私がそう言うと、鬼龍院くんはたまらなさそうに顔を伏せる。
「……それでも無理だ。上に行かなければ、上に立たなければ……それはもう、僕の使命だ」
　ダメだ、届かない。
　鬼龍院くんに、私の言葉が届かない。
「お、いたいた。よお、鬼龍院！」
　そのとき、ふいに隣のクラスの男の子が教室に入ってきて、真っ先に鬼龍院くんに声をかける。
　教室にいるみんなが、物珍しそうに鬼龍院くんとその男の子に注目する。
「昨日は俺のことかばってくれてありがとな！」
　ニコッと明るい笑顔で、鬼龍院くんの肩をバシバシと叩

く。
「わ、わかったからあまり強く叩かないでくれ」
「いやあ本当に助かったんだよ！　生徒指導のヤツに絡まれてさ、この髪は地毛だっつってんのに染めてるだなんて……いや、鬼龍院が言い返してくれて本当にスッキリしたっつーか、本当にありがとな！」
「別に、僕は言いたいことを言っただけで、そんな感謝されることじゃあ……」
　そこでふと男の子は私のほうを向き、「っと、もしかして何か取り込み中だったか？　あああ、そりゃ悪いことしたな。んじゃあ、改めてまた来るわ！」と手を振りながら教室を出ていった。
「……ねぇ、鬼龍院くん」
　ぽつりと、鬼龍院くんの名前を呼ぶ。
「1番を取ったって、こんなふうに感謝の言葉をもらえるわけじゃないと思うんだ」
　感謝の言葉をもらうことも、誰かに頼ってもらったり信頼されることも、そんな簡単なものじゃない。
　それは私が1番よくわかってる。
「これは鬼龍院くんだからこそなんだよ。1番なんて関係ない」
「……近衛くん」
「鬼龍院」
　今まで黙っていた彼方が、呟くように鬼龍院くんの名前を呼ぶ。

「……今まで適当にやってきて、突然鬼龍院の場所を奪ったことは本当にごめん」
　ゆっくりと、彼方が頭を下げる。
「でも、柚月の言うとおり、鬼龍院みたいに信頼とか感謝されるとかそういうのは俺にはないから。誰かに頼られたり誰かを助けたり……そんな鬼龍院が、うらやましいとも思う」
「ぼ、僕は、そんな……だって、僕は君よりも下の人間だ！」
「そんなテストの結果ごときで人の価値は決まらないし、鬼龍院が俺より下の人間だなんて少しも思ってない」
「……一色くん……でも、僕は」
「あ、あのっ」
　クラスの１人の女の子が、少しオドオドした様子で鬼龍院くんに話しかけてきた。
「図書室の整理、手伝ってくれて……ありがとう」
　その女の子とは別の女の子が、「この前は私が体調悪くてふらふらしたとき、保健室に連れてってくれてありがとう！」と声をあげる。
「あ、そういえば、俺が課題をやるのを忘れて困ってたとき、ノート見せてくれて本当に助かったわ！　ありがとな！」
「鬼龍院くんって、気配りができる人って言うか、よく周りのこと見てるよね」
「そういえばあのときもさ、鬼龍院が……」
　紛れもなく、今このクラスの中心にいるのは鬼龍院くんだ。

優しくて思いやりのある、私が尊敬してやまない鬼龍院くんだ。
「ねぇ、鬼龍院くん」
　気づくと鬼龍院くんはオロオロと視線を泳がせ、とても困ったような表情を浮かべていた。
　そんな彼を絶対に逃がさないとでも言うように、私はじっと鬼龍院くんを見つめる。
「私はね、鬼龍院くん、これでもまだ褒め足りないんだよ」
「……え」
「だから続けるね、えーっと」
「っ!?　ちょ、ちょっと待ってくれ！」
　鬼龍院くんから直々にストップがかけられる。
　顔を赤くして、もうたまらないという感じだ。
「とりあえずやめるんだ、近衛くん！　いや近衛くんだけじゃなくて、君たちもだな……!!」
　半分ヤケになりながら鬼龍院くんは声を荒らげる。
　そして……。
「わかった、もうわかったから。……僕にはもう、十分だからっ」
　ふぅと息をはき、真っ赤な顔のままひと言。
「……僕の、負けだ」

　——放課後になり、私と彼方は鬼龍院くんに「……今日は、よくもやってくれたね」と声をかけられ、また教室にはいつもの３人だけとなっていた。

「と、とりあえず負けてやっただけで、自分の今までの生き方を完全に否定したわけではない。生まれてから17年、僕は1番だけを望まれてきた。それは今でも変わってはいないし、その期待にもちゃんと応えたいと思う」
「そっか……そう、だよね」
　わかっていたことだ。
　人の思いを、気持ちを、そう簡単に変えられるわけがない。
　わかっていたことだけど、自分の無力さに悲しくなる。
「ただ、近衛くんや一色くんの言葉を聞いて、それだけではないのかもしれないと……その、少し……ほんのちょっとだけ、そう思えたよ」
　やわらかな笑顔を、窓から差し込む夕日が綺麗に照らした。
「……いつか、ちゃんと僕にもわかるときが来ればいいな、とも思うんだ」
　そっと、鬼龍院くんは呟いた。
「うん、きっとわかるときが来るよ」
　私にはないものを持っていて、それを決して自慢したり利用したりなんてしない。
　そんな鬼龍院くんを、私は心から尊敬しているんだ。
「だって、鬼龍院くんが素敵な人だってことは、紛れもない事実なんだから！」
　鬼龍院くんは理解しようとしてくれている。理解したいと願っている。

そのことが嬉しくて嬉しくて、自然と笑顔が溢れた。
「……っ!」
　バッと、鬼龍院くんは勢いよく顔をそむける。
　ん? どうしたんだろ?
「鬼龍院くん?」
「い、いや、すす、す、素敵か、そうか……あ、ありがとう近衛くん! まあ、わかっていたことだがな! はははははっ!」
　高笑いしつつ、その視線はやはり私からそらされている。
　あれ、なんだか鬼龍院くんの耳が真っ赤になっているような?
「……柚月、ちょっと褒めすぎじゃない?」
　かけられた声の主は、黙って立っていた彼方で……って、なんだか彼方すごく不機嫌じゃない?
「へ? そ、そうかな?」
「うん、褒めすぎ。それにもう話すことはないでしょ? 暗くなるからそろそろ帰ろ」
「ま、まてまてまて一色くん! 君にも言いたいことがあるんだ!」
「……なに?」
　やはり不機嫌そうに、彼方は鬼龍院くんを睨みつけた。
「もう君にはつきまとわないよ……迷惑かけたね」
「……そう」
「ただ1つ気になることがあるんだ。その、なぜ君は、今まで本気を出していなかったんだい?」

「……周りはみんな数字のほうが大事だったみたいで……俺自身を、見てくれなかったから」
　こうして彼方の口から直接聞くと、胸がしめつけられるような感覚になる。
「でも、もう一度頑張る理由ができたから。ね、柚月？」
「ふぇ？」
　まさかここで名前を呼ばれるとは思わず、反射的に彼方のほうを見る。
　すると彼方は、愛おしそうに私を見つめていて……。
　うっ、そ、その顔は……ずるい。
「……深くは聞かないが、君にもいろんな理由があったのか。それを聞きもせず一方的に責（せ）めた部分もあった。本当にすまない」
「もういいよ。別に気にしてないから」
「そうか、気にしてない、か。……っと、あまり引き留めては遅くなってしまうな」
「では近衛くん、一色くん、また明日」とやわらかい笑顔を私たちに向ける。
　その言葉を合図に、私と彼方は帰ろうと自分のカバンを持つが……。
「あれ、鬼龍院くんはまだ帰らないの？」
「今日は家の者が迎えに来ることになっていてな。もう少し時間があるから、ここで待たせてもらうことにするよ」
　ということは、鬼龍院くんとはここでお別れだ。
　私は「じゃあまたね」と声をかけた後、教室の扉に手を

かけた。
「あ、近衛くん！」
　名前を呼ばれ立ち止まる。
　振り返ると、鬼龍院くんが何か言いたげにこちらを見ていた。
「鬼龍院くん、どうかした？」
「……いや、すまない。やっぱりなんでもないよ」
　窓から差し込む夕日のせいか、鬼龍院くんの顔が赤く見える。
　なんでもないって言うわりには、やっぱり何か言いたそうな……？
「じゃあ一色くんに……近衛くん……また」
　このとき、彼方が鬼龍院くんのことを警戒心むき出しで睨みつけていたことに、私が気づくことはなかった。

「おはよう、近衛くんに一色くん！　いやぁじつに清々しい朝だね！」
　翌朝、いつもどおり彼方と登校していると、元気いっぱいの鬼龍院くんが目の前に現れた。
「おはよう、鬼龍院くん」
　普通に挨拶を返しただけなのに、なぜか鬼龍院くんはぎこちなく目を泳がせる。
　ん？　なんだかまた鬼龍院くんの様子がおかしいような？
　おまけに彼方は、さっきから無言で鬼龍院くんを不機嫌

そうに見ている。
　んんん？
「あ、えーっと……その、なんだ、じつは近衛くんに言われたことを僕の両親に話してみたんだ」
「私が言ったことを？」
　そんなたいそうなことを言ったつもりはない。
　私は自分の本心をただ伝えただけだ。
　つたなくて、幼稚で、鬼龍院くんが言っていたようにまるで小学生の頃に書いた読書感想文のような、そんな言葉。
「私の言葉なんてそんな、大したものじゃ……」
「大したものさ！　この僕の心を揺れ動かしたんだぞ、近衛くんはもっと自分に自信を持つべきだ！」
「へ!?」
　ぎゅっと勢いよく両手を握られる。
　驚いたのは私だけではなく、彼方も「っ!?」と声にならない声をあげた。
「っ!?　す、すまない！　その、えっと、お、驚かすつもりはなかったんだが」
「う、ううん大丈夫、ちょっとビックリしただけだから」
「柚月から離れて」
　フーッと猫が威嚇するように、鬼龍院くんと私の間に彼方が割り込む。
「いや、本当にすまない！　わざとじゃないんだ、勢い余ってつい……コホン、では話の続きだが──」
「柚月、行こう」

「待ちたまえ一色くん、君にも聞きたいことがある」
　呼び止められ、無言で彼方は立ち止まる。
　なんか今、この場の空気がちょっとピリッとしたような気が……。
「……で、近衛くん。君の話をしたら、両親は笑っていたよ。いやバカにしているとかじゃないんだ！　そうじゃなくてな……僕の母と同じだと、父は言っていた」
「鬼龍院くんのお母さん？」
「母はわりと自由な人でな、数字ばかり気にする父に対して、『大切なものはもっと他にある。表面上の数値が全てではない』と言っていたらしい。そういえば僕にも、母はそのようなことを言ってくれていた気がするよ」
「だが鬼龍院財閥の跡取りという環境が、母の言葉を揉み消していたんだ」と語る鬼龍院くんの横顔は、とても切なそうだ。
「もっと早く、両親といろいろな話をしておくべきだったのかもしれない。2人とも仕事で忙しく、今までろくに会話などしてこなかったからな」
　周りの声に押しつぶされてしまいそうな、そんな立ち位置。
　なんだか、彼方と鬼龍院くんはどこか似ているなとふと思う。
「それでだ、父は言ったんだ。ぜひその子を嫁にもらいなさいと！」
「お嫁だなんてそんな私なんて……はい？」

嫁？　え？
「待って鬼龍院くん、話が突然変な方向に飛んでしまったような気が……」
「僕は真剣だよ、近衛くん。そして一色くん、ここで君に質問させていただくよ」
「……」
　む、無言の彼方の雰囲気が怖い！
「近衛くんとはつき合ってはいないと言っていたね。あれは事実かい？」
「……事実だよ」
「ではそれが事実だとして、君の近衛くんに対する好意はあからさまだ。そしてただの幼なじみにしては異常だと思うが？」
「つき合ってはないけど、好きだから、柚月のこと。柚月にもちゃんと伝えてる」
「だが、つき合ってはいないのだろう？」
「まだ返事はもらってないから」
「ふむ、まあつき合ってないのなら問題ないな！」
　待って、私だけまったくついていけてないんだけど!?
　それに鬼龍院くん、どこが問題ないっていうの!?
「近衛くん」
「は、はい！」
　突然呼ばれた名前に、ビクッと全身が跳ねる。
「近衛くん、僕は君に伝えたいことがあるんだ」
「う、うん」

「……」
　うわわわわ、彼方はなんでそんなに怖い顔してるの!?
「最初は勘違いかと思ったんだが……間違いない。近衛くんを目の前にすると胸が高鳴るんだ」
　真っ直ぐに、鬼龍院くんは私を見つめた。
「近衛くん。どうやら僕は君のことが、好きになってしまったみたいなんだ」
　……え？
「え？　あの、えっと……好き？」
「ああ、僕は近衛くんのことが好きだ」
　え、えええええええええええっ!?
「ままま、待って鬼龍院くん！」
「僕は、今すぐにでも近衛くんの１番になりたいと思っているんだ！」
　あ、ここでもやっぱり１番にこだわっちゃうんだ……じゃなくて！
　好きって、鬼龍院くんが私を!?
「だが、突然言われても、今まであまり話もしたこともなかったし困ると思う。返事はすぐにとは言わない。むしろこれからは、近衛くんに僕のよさを知ってもらうように、誠心誠意アタックしていこうと思う！」
「き、鬼龍院くんのよさなら知ってるよ！　でもやっぱり鬼龍院くんはよきクラスメイトで──」
「いやいや、まだ僕の本気を見せてない！」
「……あのさ、いい加減にしてよ」

え、なに、今の彼方の声？
あれ、そんなに低かったっけ？
「俺の目の前でよくそんなこと言えるね、鬼龍院」
「なんだい、近衛くんの"ただの幼なじみ"である一色くん？ 君の戯(ざ)れ言につき合ってる暇(ひま)は僕にはないんだが」
『ただの幼なじみ』という部分を異様に強調して、鬼龍院くんは彼方のことを横目で見た。
「……あんたなんかに、柚月は渡さない」
「ああ、こちらもそのつもりだ。さあ近衛くん！」
「ふぇっ」
　思わず間抜けな声が出てしまう。
　そんな私に鬼龍院くんは満面の笑みで……。
「君は僕の心を奪ってしまったんだ。これから、よろしく頼むよ」
　まるで星が飛んできそうなウインクを１発、鬼龍院くんは見事にキメたのだった。

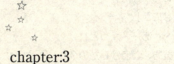

chapter:3

「もっとドキドキしていいよ」

「ねぇ、柚月」
「なに？」
「……あー、えっと」
「彼方、どうかしたの？」
「……うん、ちょっと待って」
　いら立たしげに、彼方は私の隣にいる彼に目を向けた。
「邪魔だから、どっか行ってくれる？」
　とても冷ややかな声だった。
　だがその言葉をかけられた彼は何も動じることはなく、ケロリとした顔で「断る！」とはっきり言った。
　彼、鬼龍院くんとこうして一緒に帰るのはもう何度目になるだろうか。
　彼方といつもどおり２人で帰ろうとしたところ、鬼龍院くんが「僕も一緒に帰ってもいいかね？」と声をかけてきて、今はこうして３人で人気（ひとけ）のない廊下を歩いている。
「僕は近衛くんとともに帰りたい。一色くん、君こそどこかに行ったらどうかね？」
「俺は柚月の家と隣同士だから。反対方向の鬼龍院こそ、どこかに行くべきだと思うけど？」
　あわわ、彼方がこれでもかってくらいに怒った顔をしている……！
「え、えっと！　それで彼方、私に何か話すことがあった

んじゃないの？」
　無理に話題をそらすのにも慣れてきた。
「……え、あ……後で、いいから」
「そう？」
　特別、急ぎの用事というわけではなさそうだ。
「そうだ、近衛くん！」
　下駄箱に差しかかったとき、鬼龍院くんが思い出したと言わんばかりに手を1回叩いた。
「近衛くん、いつ頃結婚したいなど要望はあるかい？」
　私は思いきり咳き込んだ。
「な、なんでそんな話になるの!?」
「一応聞いておこうと思ってな！　だが、ふふふ、この調子だとクラスで1番に結婚するのは僕たちかもしれないな！」
「……あんた、冗談でも許さな——」
「わー！　彼方ストップストップ!!」
　鬼龍院くんを呪ってしまいそうな顔をしている彼方を、なんとか落ち着かせる。
　す、すごい顔してたな彼方……。
「えーっと、鬼龍院くん！　鬼龍院くんと私はただのクラスメイトだから……その」
「これから"ただのクラスメイト"という事実をくつがえせばいいだけの話だろう？」
「それ、は……」
「それとも何かね？　君は僕のことは嫌いかい？」

「き、嫌いじゃない！　嫌いじゃないけど……」
「では僕の奥さんになる未来もあるかもしれないな！」
　だから、なんでそうやって話が飛んじゃうの!?
「あ、鬼龍院まだ残ってた！　よかったー！」
　突然後ろから鬼龍院くんの名前を呼ぶ声がしたと思ったら、1人の男の子が駆け寄ってきた。
　確か同じ学年の、生徒会の人だっただろうか。
　どこか急いでいる様子で、息を切らせながら鬼龍院くんの前で立ち止まる。
「ああ、なんだ、君か。危険だから廊下を走るのはやめろと前にも──」
「あー、今回は急ぎだから許してくれ！　それでさ、先週の会議あっただろ？　あれのことで今ちょっと揉めててさ」
　疲れたように、その男の子はうなだれる。
「俺と会長だけじゃ対処しきれなくて……帰るとこ悪いんだけど、お前も来てもらっていいか？」
「それは……仕方ない、か。わかった、すぐに行く」
「ありがとう、助かるよ、鬼龍院！」
　なんだか、生徒会も大変そうだな……。
「ふっ、どうやら僕の恋には障害がいくつもついてくるらしいな……近衛くん、僕は用事ができたから今日は失礼するよ。また明日会おう！」
「う、うん、また……」
　まるで嵐が去ったように、鬼龍院くんがいなくなっただ

けで辺りが静かになった気がする。
「……やっと、どっか行った」
　私以上に気を張っていたのか、彼方は安心したように脱力する。
「柚月、さっき言いかけたことなんだけど……」
「ん？　ああ、後で話すって言ってたやつ？」
「うん……えっと、今度の日曜日って空いてる？」
　様子をうかがうように、彼方は私をじっと見る。
　うっ、なんだか可愛い。
「今度の日曜日は……うん、大丈夫！」
「ほんと？　よかったら一緒に、その……遊園地、行かない？」
「……遊園地？」
　予想もしていなかったお誘いに目が丸くなってしまう。
　まさか遊園地に誘われるなんて…。
「柚月と行きたいなって思ったんだけど……ダメ？」
「ううん、ダメなんかじゃないよ！　私も行きたい、遊園地！」
「本当に？」
　パァッと彼方の顔が明るくなる。
「よかった。いつ誘おうかってタイミングとかわからなくて……久々に、緊張した」
「緊張？　なんで？」
「……柚月、もしかして理解してない？」
「へ？」

何を理解してないのだろう？
　私は今、彼方に遊園地に遊びに行こうと誘われただけだ。
　それだけで……。
「これ、デートのお誘いのつもりなんだけど」
　っ!?　デート!?
「そ、そそ、そうなの!?」
「考えてもみてよ、遊園地に２人っきりで行こうって言ってるんだよ？　……少なくとも俺は、デートのつもりで誘ったから」
「うっ、あ……えっと」
　今まで彼方と遊びに行ったことは何度もあるから、深く考えずに行きたいって言っちゃったけど……そっか、これって……デート、なんだ。
　ちょっと前の私なら、逃げちゃってたかもしれないけど……。
「……もしかしたら、彼方に対する気持ちとか、はっきりわかるきっかけになるかもしれない……よね」
「柚月？」
「彼方の気持ちに向き合うって言ったこと、私、忘れてないから」
　真っ直ぐに、彼方を見つめる。
「こんな中途半端な私でもいいなら、デート、行きたいです」
　こうして、私の人生初のデートが決定した。

「鬼龍院には遊園地のことは言わないで。一緒に行きたいっ

て言いかねないから。絶対だからね？　本当に絶対だから」
　その後、こんなふうに彼方から口止めをされた。
　だから鬼龍院くんがいるときにこの話をしなかったのかと、そこでやっと納得した。

　そして迎えたデート当日。
　私は……。
「お、落ち着け私……落ち着くのよ私……！」
　めちゃくちゃ緊張していた。
　だって、ちゃんとしたデートは初めてだから、どうしても意識しちゃって……。
「よ、よし、行くぞ！」
　気合いを入れて家を出る。
　すると家の前にはもう彼方がいて、ちょっとソワソワとした様子で壁際にたたずんでいる。
　そんな彼方は私に気づくと、いつもどおりの優しい笑顔で「おはよ、柚月」と声をかけてくれた。
「お、おおお、お、おはよう！」
　ダメだ、緊張でいつもよりうまくしゃべることができない。
「……いつもと、髪型違うね」
「え!?　あ、うん……変、かな？」
「ううん、すごく可愛い」
「……あり、がとう」
　嬉しさと恥ずかしさで顔をうつむける。

いつもそのまま垂らすか、結ぶとしてもポニーテールしかしないから試しにハーフアップにしてみたんだけど、髪型を褒められることがこんなに嬉しいものとは……。
「じゃあ、行こっか」
　彼方はそう言って、私に手を差し出す。
　こ、これは……。
「は、はいっ」
「柚月、緊張しすぎ」
「うぅっ、だ、だって……」
「大丈夫だよ、俺も緊張してるから」
「……本当に？」
「本当に」
　そんな会話をしながら、私と彼方は手を繋いで目的地へと向かう。
　遊園地へは電車に乗って２駅と、わりと近場だ。
　その間も、もちろん手は繋ぎっぱなしで……。
「あ、あの、彼方……手、そのっ」
「……繋いでるの、嫌？」
「……嫌じゃないです」
　とまあそうこうしているうちに、私と彼方は遊園地へとたどりついた。
「わわっ、日曜日だから人多いね！」
　ここら辺で遊園地といえば１つで、まるで絵本の中の世界のようなファンシーな遊園地がある。
　それが『オトギランド』だ。

オトギと略されるそこはおとぎ話をテーマにした乗り物が多く、パレードなんかも賑やかでデートスポットとしては定番中の定番だ。
「そうだね。あ、はぐれないように手は離しちゃダメだよ?」
「うっ……はい」
　うわぁ、本当にデートみたいだ……みたいじゃなくてデートなんだけれども!
　なんて緊張しながらも、せっかく来たんだから楽しまなきゃってことで、気になるアトラクションを順番に回っていく。
　シンデレラの世界を体感できるジェットコースター。
　ピーターパンモチーフのバイキング。
　いろいろな視覚トリックが仕込まれたミラーハウス。
　お昼はメルヘンたっぷりの可愛らしいレストランで、彼方と2人で食事をとる。
　そんなこんなでほどよく緊張もほぐれ、次に足を運んだのは……。
「よ、よーし行くぞー、入るぞー」
「柚月、怖いなら無理しないほうが……」
「こ、ここ、ここまで来て引き下がるわけには……!」
『お菓子の城の呪い』と書かれたそれは、まぎれもなくお化け屋敷だ。
　古びた洋館風の造りになっており、『怖いけどファンシーで可愛い!』と有名で、テレビでも何度か紹介されているのを見たことある。

「ずっとずっと入ってみたいって思ってた……今日こそは!」

　なんて意気込みながら列に並ぶ。

「ねぇ、あの人カッコよくない?」

「でもほら、横の女の子彼女でしょ?　あんなにカッコいい彼氏がいてうらやましいなぁ」

　どこからか、そんな会話が私の耳に入ってきた。

　あの女の子たち彼方のこと見ながら話してる……本当に、彼方はどこにいてもモテモテだな……って、それもだけど!

　か、彼女って……私のこと、だよね。

　いや、まあちゃっかり今も手を繋いだままだし……でも、彼女……か。

「はーい、次の迷い人様いらっしゃーい!」

　血で汚れたかのような赤い染みをつけた、これまたファンシーな服を着ている係のお姉さんの声が私たちに向けられる。

　私たちに順番が回ってきたのだ。

「怖かったら俺にしがみついててもいいから……むしろ、そっちのほうが俺は嬉しいし」

「おっとー!?　これはラブラブなカップルさんですねー!?」

「はへ!?」

　お姉さんのラブラブなカップル発言に、思わず変な声を出してしまう。

「周りから見れば、俺たち恋人同士に見えるんだね。手も

繋いでるし、当然といえば当然か」
「そ、そうだね」
　あああ、なんだかまた変に意識してきちゃった……。
「……俺は、そう見られて嬉しいけど」
「へ?」
　ボソッと呟いた彼方の言葉に、自分の顔が熱くなるのがわかる。
　そう見られて嬉しいって……う、うぅぅ。
「では、ラブラブカップルのお２人さん、と〜っても危険なお菓子の城へ、ごあんな〜い!」
「行こう、柚月」
「……うんっ」
　真っ赤になっているであろう顔をうつむかせながら、私は彼方とともに足を踏み入れたのだった……。

『お菓子の城の呪い』
　ヘンゼルとグレーテルを題材に造られた、ファンシーで不思議な空間が続くお化け屋敷だ。
　可愛らしいお菓子をかたどった装飾品が並び、それとは打って変わって、ドロドロとした不気味なお城の門がそびえ立つ。
　この門をくぐった先がこのお化け屋敷の本番だ。
「うっ」
　可愛らしい雰囲気は一転、森の中のような暗い道が続き、魔女と思われる甲高い笑い声が響き渡る。

あうぅ、怖いぃ……！
『オオオォオォオオ……』
「ひ!?　な、なんか聞こえる」
「腕、しがみついてもいいよ？」
「え、うっ……そ、それは」
　彼方の腕にしがみつくのはちょっと恥ずかしいといいますか……でも怖いぃ……。
『ヨウコソ、イラッシャイマシタ……』
「ひぎゃあああっ!?」
　突然現れたゾンビのような人形に驚き、勢いで彼方の腕にしがみついてしまう。
　……結局、しがみついてしまった。
『……デハ、ドウゾ、オススミクダサイ』
「ご、ご丁寧にありがとうございますっ」
「……ふふ」
　ぶるぶる震える私と、そんな私を見ながら笑う彼方。
「うぅ、笑わなくたって……」
「ごめん、柚月が可愛すぎて……あ、ちょっとだけ、手、離して」
「え？　う、うん……」
　言われたとおり、彼方の腕をつかんでいた手を離す。
　するとその腕で私の肩を抱き、自分のほうへと引き寄せた。
　ちょ、ち、近いというか身体くっついてる!?
「こっちのほうが安心しない？」

「それはそう、だけどっ」
「柚月は俺が守ってあげるから……ね？」
　優しげな、綺麗な笑顔を浮かべる彼方。
　その言葉に、表情に、胸がきゅんと高鳴る。
「っ、彼方っ」
「じゃあ、こけないようにしっかりつかまってて」
「……うん」
　彼方に肩を抱かれたまま先に進む。
　城の中に入ると、不気味な絵画や今にも動き出しそうな人形、ボロボロに崩れたお菓子等……ダークファンタジーをこれでもかと再現している。
　ひときわ大きなお菓子の部屋にたどり着くと、黒いローブを被(かぶ)った魔女が私たちを食べようと襲(おそ)いかかってきた。
　魔女から逃げきると、次はお菓子の城の女王が追いかけてきたりと、ひと息つく暇もなく恐怖が襲ってくる。
　そこからなんとか逃げきり、私たちは出口の扉を開けたのだった。
　ちなみにだけれど、やっぱり怖すぎて、私はずーっと彼方にしがみついてました。はい。

「思ったよりも怖かったね。はい、どうぞ」
　遊園地の道の端にあるベンチに座り、彼方からオレンジジュースを受け取る。
「あ、ありがとう……お金払(はら)うよ」
「別にいいから。それより気分とか、大丈夫？」

彼方は私のことを心配してくれているらしく、少し不安そうに私の顔を覗いた。
　うぅっ、ドキドキがおさまんないよー……。
　もちろんお化け屋敷は最後まで怖かったけれど、それよりも彼方と密着しているほうに意識がいってしまい、ずっと胸がドキドキと、うるさいくらいに騒いでいた。
　怖さによるドキドキも少しはあるんだろうけど、きっとこれは……。
「うん、大丈夫」
「でも、なんかちょっとぼーっとしてる？　本当に大丈夫？」
「っ!?」
　思ったよりも間近で覗かれていて、至近距離で目が合ってしまいビックリする。
　顔、近い……っ！
「あ、あの、気分が悪いとかじゃなくて」
「それならいいけど……」
「……ただ、そのっ」
　視線が泳ぐ。なんだか胸の辺りがむずむずする。
「あのね……なんか、その、すごくドキドキしてて」
「思ったより怖かったもんね」
「ち、ちが、そうじゃなくて！　いや確かに怖かったけど！」
「……？」
「彼方との距離が近くて安心して、そしたらドキドキしてきて……よくわかんないけど、守ってあげるからって言わ

れたとき……その……ときめき、ました」と言った私の顔は、きっと真っ赤だ。

あわわわ、口に出して言うとすごく恥ずかしい!!

「……えっ、ぁ」

「彼方？」

戸惑ったような声が聞こえたと思ったら、彼方は片手で口を覆ってなぜか悶えている。

「どうしたの!?　まさか彼方のほうこそ体調が……！」

「違う、ほんと……待って、落ち着かせて」

私から顔をそらしその表情はよく見えないが、どこか余裕のなさそうな、焦っているような、あんまり聞いたことのない声だ。

「えーっと……大丈夫？」

「大丈夫じゃないよ。だって、柚月が突然あんなこと……不意うちは卑怯だよ、本当に。ああもう、可愛すぎてわけわかんなくなってきた」

はぁぁぁ……と大きなため息をついて、彼方は自分をなんとか落ち着かせようと頑張っているようだ。

そうして少し落ち着いた後、彼方はチラリと私に視線を向けた。

「柚月、その……さっきの言葉は、俺を意識してくれてるって思って、いいの？」

「……そう、だと思う。前はこんなドキドキすることなかったし」

「ドキドキ……か」

スリッと頬を撫でられる。
　彼方が口を私の耳元に寄せて、囁くように……。
「今でも、ドキドキしてくれてるの？」
　い、息が当たってくすぐったい!!
「あわあわわっ……彼方、誰か来ちゃうよ！」
「大丈夫。今は向こうでパレードやってて、みんなそっちに行ってるから。また後でやるみたいだから、そのときは一緒に見に行こうか」
「……うっ、ぁ」
　スリスリと頬を撫でる彼方の手が心地いい。
　いや待って、それ以前に顔が近い。
　近いってもんじゃない。
「彼方……っ」
　ほら、またドキドキしてきた。
　頭もホワホワしてきて、まるで溶けてるみたいな感覚になる。
「そんな声で俺の名前呼んじゃダメ……たまらなく、なっちゃうから」
「ひゃ!?」
　チュッと耳たぶにキスされる。
　ゾクリとした感覚が全身に走り、力が入らなくなる。
「やっぱり、耳は苦手？」
「ひぅっ！　そ、それダメっ」
　耳をふーってされただけなのに、身体中がぶわっと熱くなる。

こ、これ以上は身体が持たない……！
「もっとドキドキしていいよ。もっと俺のこと意識して、おかしくなっちゃうくらい、俺のことだけ想ってくれてもいいんだよ？」
「……っ」
　真っ直ぐ見つめられて身動きが取れなくなる。
　心臓はもうドキドキというかバクバクしていて、彼方に触れられるだけで本当に自分がおかしくなってしまいそうで……。
「柚月、大好き」
　もう何度目ともなる告白をされた、そのときだった。
「僕に黙って近衛くんと遊園地デートとは、いったいどういうことなんだい？」
　そんな、聞きなれた声とその独特な口調が、辺り一面に響き渡った。
　こ、この声は……!?
「…………はぁぁ」
　彼方が大きなため息をつくと同時に、私は声がした方向に顔を向けた。
「鬼龍院くん!?」
　そこにはまさしく鬼龍院くんが立っていて、いつもの見慣れたきっちりとした制服の姿とは違い、白いシャツに黒のカーディガンというちょっとラフな格好だ。
「やあ近衛くん、ここで出会えるなんて奇遇だね！　いや、むしろこれは……運命なんじゃないだろうか!!」と拳をグッ

と握る。
　ほ、本当に鬼龍院くんだ……。
「そういえばいつもと髪型が違うね。とっても似合っているよ」
「そ、そうかな？　ちょっと試しに変えてみたんだけど、そう言ってくれると嬉しい……ってそれよりも！　なんで鬼龍院くんがここに!?」
「ん？　ああ、ちょっと用事でな……で、一色くんは僕を差し置いて何をしてるんだい？」
「……何をしてるかなんて、鬼龍院に言う必要ないでしょ。とにかく邪魔しないで」
　その言葉を聞いた鬼龍院くんは「ふむ」と顎に指を当て、何かを考えている様子だ。
「よし、決めたぞ！」
「柚月、とりあえずここから離れよう。嫌な予感がする」
　ポンと手を打つ鬼龍院くんと、急いで立ち上がり私の腕をつかむ彼方。
　そして鬼龍院くんはにっこりとした満面の笑みで、今まさに背を向けようとしている彼方と、まだ状況が理解できていない私に向かって言った。
「僕も君たちについて行くことにしたよ！」
　彼方が私の隣でまた、「はあぁぁ」と大きなため息をついたのだった……。

「大丈夫。ゆっくりで、いいから」

「まだ建設途中なのだが、ここの横にあるホテルで……そうだ、あの1番大きなやつだ。じつはうちが所有するホテルの1つでもうすぐ完成予定なのだが、オープンと同時にオトギランドとの合同企画(きかく)を何かできないかと父が悩んでいてな」

さらりと『あれはうちが所有するホテルの1つ』と言ってのけるあたり、やはり鬼龍院くんは住む世界が違うなと実感する。

「そこで学生目線で何かいいアイデアがないかと聞かれ、今日はオトギランドの見学に来たわけだ」

「家のお仕事のためだったんだ……なんだか、同じ高校生とは思えないや」

「そんなことはないさ。鬼龍院財閥の跡取りとして当然のことであり、僕が跡を継いだあかつきには、企業としても日本一……いや、世界一をこの手に！」

あー……うん、えーっと……鬼龍院くん、力説しているところ本当に申し訳ないんだけれども……。

「か、彼方〜……？」

「ん？ どうしたの、柚月？」

「いや、えーっと……」

私と会話をするときの彼方はいつもどおりなのだけれど、鬼龍院くんがちょっと話しかけるだけで……うん、やっ

ぱり彼方、めちゃくちゃ不機嫌だよね!?」
「なんだね、一色くん！　こうなってしまったんだから仕方ないだろう！　いつまでもむくれてないで遊園地を楽しもうじゃないか！」
「あんたがそれ言う？」
「あ、あー！　あのアトラクション面白そうだよー！」
　ぜ、前途多難だなー……。
「ねぇねぇ、あの２人すごくカッコいいんだけど!?」
「うわぁ、本当だ！」
　普通に歩いているだけなのに、さっき彼方と並んでいたときと同じような会話がいくつも周りから聞こえてくる。
　そりゃそうだ。彼方もだが、鬼龍院くんは彼方とは別の意味でとてもカッコいい。
　身長も高く足も長くて品もあり、まるで高級ブランドのモデルさんのような感じだ。
　大人の雰囲気というか、本当に私と同じ高校生とは思えない。
「さあ、次はここに入ろうじゃないか！」
　いくつか３人で乗り物を楽しんだ後……彼方はやっぱり不満そうな顔をしていたけれど、鬼龍院くんがとあるゲートの前で立ち止まった。
　両腕を腰にあてて鬼龍院くんが見上げた先には、『不思議の国のリアル脱出迷路』と書かれている建物がある。
「あ、ここ入ってみたかったんだー！」
「そうだろう、そうだろう！　一色くんもどうだね!?」

「……2人きりでは行かせたくないから、一緒に行く」
「では決まりだな！　よし、絶対に僕が1番にゴールしてみせる！」
　さっそく列に並んで順番を待つ。
　この『不思議の国のリアル脱出迷路』とは、オトギランドの中でも人気がある、不思議の国のアリスをモチーフにしたリアル脱出迷路だ。
　謎を解き、指定されたミッションをクリアしていくのだが、いろいろな仕掛けが満載で、大人から子どもまで楽しめる脱出迷路となっている。

「右だな！」
「左」
「いやここは右だろう？」
「左」
　……さて、途中までは順調に進んでいたのだが、今現在、2人はものすごく睨み合っていた。
　目の前にあるのは帽子屋さんから出題されたナゾナゾと2つの扉だ。
　正解の扉はどちらか1つだけ。
　そしてナゾナゾを解いていた彼方と鬼龍院くんの意見が、見事に分かれてしまったのだった。
「右だ！」
「左」
　右と言っているのは鬼龍院くんで、左と言っているのは

彼方だ。
　2人とも譲る気はないらしく、断固としてその意思を曲げようとしない。
「なあ近衛くん、君は右だと思うだろう!?　この僕が言っているんだから間違いない！」
「っわ!?」
　腕をつかまれて、そのまま鬼龍院くんに右の扉に連れていかれる私。
「ま、待って鬼龍院くん！　ちゃんと彼方と話し合ってからのほうが……」
「話し合った結果、右だということがわかった！」
「まだ話し合いは途中だと思うけど!?」
　右の扉を開け、中に入ろうとしたところで、鬼龍院くんはピタリと動きを止める。
　今度はどうしたんだろう？
「近衛くん、もし本当に君が違うと思うなら、この手を振りほどけばいい」
　それはぽつりと、私にしか聞こえないように呟かれた言葉だった。
「え……？」
　ドクリと、嫌な感じに心臓が脈打った。
「まあ、こちらが正解に決まっているのだから何も心配することはないぞ、近衛くん！」
「鬼龍院、くっ」
　スタスタと、また私の腕をつかんだまま歩き出す。

つかんだままといってもかなり弱い力で、私でも簡単に振りほどくことができるだろう。
「ま、待って、鬼龍院くん！　彼方は……！」
　後ろを振り向くと私たちが通った扉はもう閉まっており、そこに彼方の姿はない。
　もう左の扉のほうへ行ってしまったのだろうか。
「あの、鬼龍院くん、彼方来てないよ？　今からでも遅くないから戻ろう？」
「左の扉は間違いなのだから、戻る意味がないだろう？」
「でもっ」
　また鬼龍院くんがピタリと立ち止まる。
　目の前には１つの扉があった。
　今までのようにとくにこれといった仕掛けも見当たらず、それが逆に怪しく感じさせる。
　それになんだか部屋もひときわ暗くて、ちょっとひんやりして……って、壁に血の文字が!?
「き、鬼龍院くん、なんだか雰囲気がおかしいよ、ここ……」
「こちらが正解なのだから何も案ずることはないさ、近衛くん！　ということで、いざ！」
　ガチャリと、鬼龍院くんはその扉を勢いよく開けた。

「──で、結局そこは出口じゃなくて、開けたら……えーっと、なんだったっけ？」
　少し呆れた様子で、彼方は腕を組んでいる。
　まだ彼方は左へは進んでなかったらしく、戻ると壁に背

を預けて私たちの帰りを待っていた。
「開けたら無数のゾンビが襲ってきたのだ！　なんなんだアレは!!」
「はぁ、はぁ……わ、私、久々にあんなに全力で走った気がする……」

　結果として、右の扉は見事不正解。
　その先にあったのは、無数の機械仕掛けのゾンビたちが襲ってくるという恐怖の扉だったのだ。
　こ、怖かったー！
「だから言ったでしょ、左だって」
「うぐっ……ま、まあこういうこともあるさ！　さあ、早く進んでしまおう！」

　ずんずんと鬼龍院くんが１番に進んでいく。
　その後に私と彼方が続き、またちょっと意見が分かれたりして大変だったけれど、なんとか無事に私たちは脱出することができた。

「おお！　見てくれ、近衛くん、一色くん!!」
「わわっ、鬼龍院くんあんまり人混みのほうに行くと、はぐれちゃうよ！」

　子どものようにはしゃぎながら鬼龍院くんが見つめるのは、オトギランドのパレードだ。
　大通りを可愛らしく装飾された乗り物がいくつも通っていき、その上にはあのオトギ姫と、他にもたくさんのキャラクターたちが踊ったり手を振ったりしている。

「まるで別世界だな……こんな素敵な世界を、僕は今まで知らなかったのか」
「鬼龍院くん、オトギランドに来るのは初めてだったんだね」
「ああ、昔から周りがうるさくて、子どもらしい遊び場には行ったことがなくてな。だから今日は本当に楽しかった」
　キラキラとした乗り物たちが、私たちの目の前を通り過ぎていく。
「柚月、どうかした？」
　気づくと、彼方が心配そうに私の顔を覗いていた。
「え？」
「なんだか、心ここにあらずって感じだったから」
「そ、そうかな？」
　きっとそれは目の前のパレードのせいだ。
　夢のような光景に、ここは現実ではないような……ずっとこの世界にいたいような、そんな感覚になる。
「さて、近衛くんに一色くん！　ここで残念なお知らせだ」
　パレードを見ていた鬼龍院くんが、まるでこの夢の世界から現実に戻るかのように、私と彼方のほうへと振り返った。
「もっとこの世界にいたいのはやまやまなのだが、そろそろお別れの時間のようだ」
「鬼龍院くん？　お別れって、いったいどういう……」
「あ、司坊ちゃま、こんなところにいらっしゃったんですね!?」

突然聞こえてきた男の人の声。
　司……坊ちゃま?
「本当に探したんですからね、司坊ちゃま!」
　鬼龍院くんの下の名前は司なので、司坊ちゃまというのは鬼龍院くんのことなのだろうと推測できる。
　そんな鬼龍院くんの名前を呼びながら走ってきた人は、スラッと高身長のこれまたカッコいい、燕尾服を着た大人の男の人だ。30代くらいだろうか。
　黒く少し長めの綺麗な髪、手には白い手袋をはめていて、まさに執事という言葉がピッタリと当てはまる。
　その人のさらに後ろからは、高級そうなメイド服を着た女の人が2名ほど走ってきている。
　って、メイドさん!?　いったいどういう状況!?
「紹介しよう。彼は僕の専属の執事である帝だ」
「ご紹介にあずかりました、司坊ちゃの専属の執事をさせていただいております、帝と申します」
「ど、どうも、近衛です」
「……一色、です」
　パレードのことを別世界とたとえていたが、鬼龍院くんも私たちから見れば十分に別世界の住人だと思う。
「ああ!　近衛様と一色様でございましたか!　司坊ちゃまから常々お話は聞いております。いつも司坊ちゃまがご迷惑を……」
「別に僕は迷惑などかけた覚えはないが?」
「司坊ちゃまは少々無神経であらせられますので」

「ええ本当に、そのとおりだと思います」
「一色くんまで何を!?」
「っと、話がそれてしまいましたね」
　帝さんはクルリと、私と彼方に向けていた視線を鬼龍院くんに戻した。
「とにかく坊ちゃま!　坊ちゃまが途中でいなくなられて私たちとっても慌てたんですからね!?」
「仕方ないだろう迷ったのだから!　途中、クラスメイトと会ったから一緒にいる、心配するなとちゃんと連絡したじゃないか!」
「連絡を1つだけもらっても安心できるわけがないでしょう!?」
　胃が痛いと言わんばかりの顔をする帝さん。
　その言い争いは数分続いて、最後には鬼龍院くんが「わかった、もうわかった。説教なら帰ってからにしてくれ」と観念した様子だった。
「ということで、僕は戻らなければいけないんだが……最後に、近衛くん」
　ふと、鬼龍院くんが私に視線を向ける。
　え……?
「近衛くん、僕の手を振りほどかずにいてくれてありがとう。……だが、そのときの君の表情は、僕にはどこか苦しそうに見えたんだ」
「えっ、そ、そんなことないよ……私、は」
「大丈夫。どんなときも君には僕がついている。だが今度

はぜひ、君から僕の手を握りしめてほしい」
　にこりと優しい笑顔を私に向けてくれる鬼龍院くん。
　そんな鬼龍院くんと私の間に割り込むように、彼方がグッと私の前に出て鬼龍院くんを睨みつけた。
「柚月に近づかないで」
「ふっ、随分(ずいぶん)と余裕がなさそうだね、一色くん？」
　ピリッとした嫌な雰囲気が辺りに漂(ただよ)い始めた瞬間、その空気をものともせず声を発したのは帝さんだった。
「さ、司坊ちゃま、そろそろ本当に帰りますよ。あと、帰ったらお説教の続きですから忘れないでくださいね」
「うっ」
　帝さんの言葉を聞いた瞬間、うめき声をあげて苦々しい表情を浮かべる鬼龍院くん。
　仕方ないというように、鬼龍院くんはそのままトボトボと、帝さんとメイドさんたちのほうへと歩いていく。
　そしてちょっとだけ立ち止まり、私たちに向かって大きく手を振った。
「では近衛くん、一色くん、また学校で会おう！」
「う、うん、またね、鬼龍院くん」
「……」
　無言で鬼龍院くんを見送る彼方。
　鬼龍院くんの姿が見えなくなったところで、彼方は「はぁ、結局あんまり柚月と２人きりになれなかったな。残念……」とため息をついて、私のほうを向いた。
「じゃあ、俺たちもそろそろ帰ろっか」

言いながら、手を差し伸べる。
　あ……。
「……柚月？」
「え？　あ、ごめんっ」
　反射的に謝ってしまい、差し出された彼方の手を取る。
「どうかした柚月？　大丈夫？」
「う、うん、大丈夫！　たぶんちょっと疲れちゃっただけだと思う！」
　たくさん遊んだし、走ったし叫んだし、きっと疲れてるだけだろうと自分に言い聞かせる。
　彼方はじっと私を見つめていたが「なら、早く帰って休もう」と言って、私の手を握り返した。
「……ねぇ、柚月」
「なに？」
「今日は、嬉しかった……柚月が、俺にドキドキしてくれて」
「へ!?」
　鬼龍院くんのことですっかり頭から抜けていたが、そんなこと言っちゃってたな、私！
「あ、うん、そのっ」
「大丈夫。ゆっくりで、いいから」
「……うん」
　ゆっくりゆっくりと、幼なじみの関係が壊れていく。
　今まで歩いてきた道が崩れ落ちるみたいに、後ろを振り返っても真っ暗で、怖くて。
　私はいつも、目の前の手にすがりつくことしかできなく

て。
「……彼方」
「なに?」
　もう戻れないことはわかっていた。
　進まなきゃいけないことくらいわかっていた。
「……ううん、やっぱなんでもない」
　遊園地を1歩出ると、急に辺りがガランとして、静かになる。
　……楽しかった夢から覚めてしまったような、そんな感覚。
　空なんてもう薄暗くて、しかもちょっと肌寒い。
「あ、そういえばもうすぐだね。私たち実行委員だし、気合い入れないと!」
　寂しくなった気持ちをごまかそうと、突拍子もなく彼方に話を振ってみる。
「ん?　何が?」
「何がって、ほら彼方、月曜にはクラスで何をするか決めるって先生言ってたじゃん!」
　ここまで言っても、彼方はまだピンときていない様子だ。
「本当に忘れちゃったの?」
　2年生に進級した直後、クラスの委員決めで私と彼方が入った委員会。
　それは……。
「もうすぐでしょ、文化祭!」
　文化祭実行委員、だ。

「柚月がいないと、すごく寂しいから」

　——それはまだ、彼方が絶賛無気力中だった、2年生になりたての頃のことだ。
　全員が必ずどこかの委員会に入らなければいけないので、さてどこに入ろうかと私は頭を悩ませていた。
　問題は彼方だ。
『……どこにも、入りたくない、です』
『だから、どこかに入らなきゃいけないんだってば！』
『……すぅ』
『寝ないの！』
　さっきからずっとこの調子で、他の子はどんどん入るところを決めていっている。
『もう、どうするの、彼方！』
『……どうでもいい』
『どうでもいいって……もうっ』
　まったく世話の焼ける幼なじみだ。
　仕方ない、こうなったら……。
『よし、文化祭実行委員になろう、彼方！』
『……文化祭実行委員？　……面倒くさそう』
『どこに入ってもそう言うでしょーが！　文化祭実行委員なら文化祭がある期間だけだし、そのときだけ頑張ればいいから！』
　そうと決まればと私は手を挙げて、自分と彼方が文化祭

実行委員になることを真壁先生に告げる。
『柚月も、一緒？』
『彼方と他の人を組まさせるわけにはいかないでしょ』
『……なんで？』
『なんでって、気づくと彼方って寝ちゃってるか、さぼってるかだから、私なら無理にでも叩き起こすけど、他の子だったらそうはいかないじゃない』
『ああ……そういう、こと……すぅ』
『だから寝ないの!!』
　こうして、私と彼方は文化祭実行委員になったのだった。

「——では、皆さんとの話し合いの結果『喫茶店』に決まりました。楽しい文化祭になるよう、先生も精一杯協力していきますね」
　教室にいるみんなを見渡しながらそう言ったのは、にっこりと優しい笑顔を浮かべた真壁先生だ。
　そしてその翌日、私と彼方、クラス委員長でもある鬼龍院くんの３人だけで、文化祭についての話し合いが行われた。
　場所は教室から少し離れた空き教室を使うことになり、辺りがしんと静まり返っているその空き教室は、こういう話し合いや誰にも邪魔されたくないときにはもってこいの場所だろう。
　しかも文化祭準備期間中、鍵は開放されており自由に使ってもいいとのことで、何か緊急のミーティングや集ま

りがあるときはここを使おうということになった。
　ちなみに授業は自習になっていて、教室ではみんなが真壁先生に出された課題と戦っているはずだ。
「クラスのみんなと相談をしつつ、より安全でみんなが楽しめる文化祭になるよう努めていこうと思っている。よろしく頼む」
　丁寧に頭を下げる鬼龍院くんに、私も同じように頭を下げる。
「こちらこそよろしくね、鬼龍院くん！」
「……うん、よろしく」
　彼方はまだどこか、素っ気ない様子だ。
「ではとりあえず、今後のスケジュールだが……」
　喫茶店と決まったのはいいが、その準備はもちろん簡単ではない。
　メニューに喫茶店内のレイアウト決め。テーブルや椅子の用意に、それぞれの係決め。
　放課後に残ることもあるだろうし、お母さんに言っておかなくちゃ。
「そういえば今年も、文化祭当日の放課後に後夜祭が開かれるそうだ。だから椅子やテーブルの片づけ等、全て翌日に持ち越しとなる」
「……後夜祭？」
　彼方がよくわからないという感じで首を傾げる。
「なんだい一色くん、後夜祭なら昨年も盛大にやっていたじゃないか。グラウンドに特設ステージを作り、そこで歌

やダンスを生徒が……まさか、本当に知らないのかい?」
「去年は……俺、何してたっけ?」
「確か彼方、教室で寝てた気がする」
　一緒に行こうと言っても彼方は『動きたくない』の一点張りで、結局は私も寝ている彼方と一緒にずっと教室にいたんだっけ。
「その後夜祭なんだが、じつは生徒会の担当でな。僕は生徒会書記として、後夜祭の準備や運営にたずさわることになっているんだ。その分、僕はあまりクラスの準備を手伝うことができなくなってしまうと思う。君たちに負担をかけることになるが、どうか許してほしい」
「あ、頭なんて下げないでよ、鬼龍院くん!　生徒会のお仕事なら仕方ないし、こっちのことは心配しないで、私と彼方に任せておいてよ!」
　どんっと胸を叩く。
　だが鬼龍院くんは何か言いたげな様子で、私と彼方を交互に見た。
「あ……そ、そうだよね、私じゃ頼りないよね……」
「え!?　あ、ち、違うんだ、近衛くん!　僕はただ……ただ」
　ギッと、鬼龍院くんは彼方を睨みつけた。
「僕も近衛くんと一緒に準備がしたいんだ!　なんで今回も一色くんとなのかね!?　ずるい!」
「へ!?　き、鬼龍院くん!?」
「そんなこと言われても……ねぇ、柚月。2人で仲よくやろうね」

スッと、彼方が私の手を握る。
……あ。
ビクリと肩が揺れ、小さく声が漏れてしまう。
それを不思議に思ったのか、彼方は「どうかした？」と私の顔を覗き込んだ。
「……あ、ううん！ なんでも、ない」
胸の辺りがモヤモヤする。
手が触れた瞬間、頭の中によぎった『近衛くん、もし本当に君が違うと思うなら、この手を振りほどけばいい』という言葉。
鬼龍院くんのこの言葉が、ずっと引っかかって仕方がない。
だけど考えれば考えるほどわからなくなって、苦しくて、目をそらしたくなってしまう。
なんなんだろう、この気持ち……。
「とにかくだ。これから忙しくなると思うが、体調には気をつけつつ、ともに頑張ろうじゃないか！」
鬼龍院くんのこんな言葉で、今回の文化祭ミーティングは終わりを迎えたのだった。

——"目まぐるしい毎日"というのは、こういうことを言うんだろうなとふと思う。
文化祭が近づくにつれ文化祭準備にあてられる時間も増えてきたし、鬼龍院くんがバタバタとせわしなく動く姿もよく見られるようになった。

「えーっと、このプリントを真壁先生に渡して……今日はとりあえずこれで終わりかな」

当日使う分の食材を専用の紙に書き、それを真壁先生に渡す。

そして彼方には、家庭科担当の先生のところへ、調理室の貸し出し許可書を出しに行ってもらっている。

それにしても、文化祭が近付くにつれて、どんどん忙しくなっているなぁ……今日もこうして放課後までかかっちゃったし。

よしっ、彼方に負担をかけないよう、私がもっと頑張らないと！

「やあ、近衛くんじゃないか！」

夕日が差し込む廊下を歩いていると、前から鬼龍院くんがやってきた。

「あ、鬼龍院くんも残ってたんだ」

「近衛くんこそ、まだ帰っていなかったんだね」

「うん、今先生に必要な材料とか書き出して提出してきたところなの」

そこまで言うと、鬼龍院くんの顔が申し訳なさそうな表情になる。

「すまない、近衛くん。僕がそっちを手伝えればいいんだが」

「生徒会のほうが忙しいんだから仕方ないよ！　無理しちゃダメだよ、鬼龍院くん！」

生徒会での後夜祭の準備だって、かなり忙しいはずだ。

その関係で鬼龍院くんもこの時間まで残ってるんだろう

し、こっちも忙しいから手伝ってなんて言えるわけがない。
「こっちのことは私と彼方がやるから安心……できるかはわからないけど、とにかく任せてよ!」
　そこまで言うと、鬼龍院くんは困ったように……と思ったらどこか嬉しそうに、やわらかく微笑んだ。
「近衛くんこそ無理をしてはいけないよ。僕にできることがあるなら遠慮なく言ってくれ」
「だから、鬼龍院くんこそ無理は……」
「それでも君の力になりたいんだ。君が好きだからね」
「ふへ!?」
　さらりと流れるように言われた告白。
　ビックリして、身体中が大きく跳ねる。
「好きだから、一色くんと2人きりで準備……というのは、妬けてしまうんだよ、近衛くん」
「あ、えっと……っ」
「言っただろう?　僕は君の1番になりたいと。それは今でも変わらない僕の想いだ」
　真っ直ぐに伝えられる想い。
「私は、鬼龍院くんは……えっと」
「……困らせて、しまったかな。すまない……だが君は」
　スッと、鬼龍院くんの周りの温度が冷めた気がした。
「僕のことを、拒絶しないんだね」
「……え?」
『拒絶しないんだね』
　ドクッと嫌な感じに脈打つ心臓。前にもあったこの感じ。

「はっきりと、近衛くんは僕を拒絶しないね。それは優しさか、それとも別の何かなのか……」
　1歩、また1歩と私に近づいてくる。
　なんだかちょっと怖くて、私は思わず後ずさった。
「僕がつけいる隙間があるのなら、このまま近衛くんの心を一色くんから奪ってしまおうか」
「っ!?」
　グッと鬼龍院くんとの距離が近くなり、私の頭の中が真っ白になる。
　優しく壊れ物を扱(あつか)うみたいに私の頬に触れ、妖(あや)しく、そして色っぽく、鬼龍院くんは微笑んだ。
「近衛くんの心を僕の想いで埋め尽くしてしまいたいよ。僕だけを見て、僕の名前を呼んで、もう僕しか見えないほど僕のことを想ってほしいのに……」
　スーッと、鬼龍院くんの長い指が私の首筋をなぞる。
「鬼龍院くん、あの、こ、ここ廊下だし……と、とりあえず距離が近いというかっ」
「僕のことが嫌なら拒(こば)むんだ。嫌だと言うんだ。言ってくれたら、もう君にこんなことはしない」
「い、嫌だなんて、そんな……わ、私は……っ」
　どうしたらいいかわからなくて、何が正解なのかがわからなくて、鬼龍院くんの視線から逃げるように顔をうつむかせる。
「ご、ごめんなさい、私……えっと、鬼龍院くんのことは嫌いじゃなくて、だから……」

「……だから？」
「え、あ、あの、鬼龍院くんっ」
　息がつまる。汗がにじむ。胸が苦しくなる。
　そしてぎゅっと両手を握り返答に困る私を見て、鬼龍院くんはそっと、落ち着かせるように私の頭を撫でた。
「……すまない、近衛くん。僕は君にこんな顔をしてもらいたかったわけじゃないんだ。……本当に、すまない」
「う、ううん、私こそ、言葉が見つからなくて……その、ごめんなさい」
　私がそう言うと、私に触れていた鬼龍院くんの手がゆっくりと離れていく。
「まあ、なんだ。嫌じゃないなら、これからもどんどん君にアピールしていこうと思う。よろしく頼むよ！」
　にこりといつもの笑顔を浮かべる鬼龍院くん。
　さっきの雰囲気はどこに行ってしまったのか。
　いつもの鬼龍院くんがそこにはいて、ホッと私は胸を撫で下ろした。
　よかった、いつもの鬼龍院くんだ。別に怒ってるわけじゃなさそうだし、とくに機嫌も悪そうじゃないし……うん、本当によかった。
「ふぅ、ではそろそろ僕も行かなければな」
　鬼龍院くんとここで出会い、いったい何分経ったのだろうか。
　彼方が教室で待ってるかもしれないし、早く行かないと。
「じゃあ、私も行くね」

「ああ、ではまた……っと、近衛くん」
「なに？」
　鬼龍院くんの横を通り過ぎると、引き留められるように名前を呼ばれる。
　振り返ると、鬼龍院くんは優しい表情で私を見つめていた。
「何か悩み事や不安なことがあったら、ぜひ僕に相談してくれ。……やはり今の一色くんでは、君の力にはなり得ないからね」
「え？」
　それはいったいどういう意味なのか。
　私には鬼龍院くんがなぜそんなことを断言したのかがわからなくて、思わず鬼龍院くんを見つめ返した。
「ではな、近衛くん。また明日」
「え、あ、鬼龍院くん！」
　言葉の意味が気になって鬼龍院くんに聞こうと思ったのだけれど、鬼龍院くんはすぐに廊下を曲がってしまい、気づけばその姿は見えなくなってしまっていた。
「今の彼方じゃ、私の力にはなり得ない……？」
　なんで鬼龍院くんそんなこと……私の力にはなり得ないなんて、どうしてはっきり言えるんだろう？
　何か理由でもあるのかな……。
「って、それよりも早く教室に戻らないと！」
　彼方が私のことを待ってくれているかもしれないから、早く教室に戻らないと。

鬼龍院くんの言葉はひとまず置いておくことにして、私は少し早足で教室へと繋がる廊下を進んだ。

　さて、もう少しで教室につくというところで、私はある物にふと気がついた。
「ん？　あれは……」
　前方に、可愛らしいハンカチが見える。
　レースのフリルがついており、ちょっと高級そうな白いハンカチが廊下の真ん中に落ちていたのだ。
　たとえどんなに急いでいようがこれは目に入ってしまうだろう。
　拾ってみると、そのハンカチはふわふわな触り心地で、ピンク色の花の刺繍がなんとも可愛らしい。
　あれ？　でもこのハンカチ……どこかで見たことあるような……。
　そのとき、コツコツコツと廊下を足早に歩く音が聞こえてきた。
　そっちに顔を向けると、1人の女の子が何かを探すように下をキョロキョロと見て回っている。
　あの子は……。
「セレナちゃん？」
「はうぁあっ!?」
　声をかけると、突然名前を呼ばれたことに驚いたのか、彼女は大声をあげながら後ろに飛びいた。
「ご、ごめん驚かせちゃって！」

「っ!? ゆ、ゆゆゆ、柚月、さん!?」
　私を見た瞬間とても驚いた顔になり、「あ、えっと、そのっ」とどこか慌てた様子だ。
　彼女は月城セレナちゃん。
　肩くらいまで長さがあって、ふわふわと巻かれている綺麗な黒髪。カチューシャをいつもつけており、それがまたお似合いだ。
　色も白くて、大人っぽい雰囲気だけど可愛らしいところもあって、まるでお人形さんみたいな女の子だなと思う。
　そんなセレナちゃんは見た目どおりのお嬢様で、お父さんはファッションデザイナー、お母さんはファッションモデルをしていて世界的に活躍しているのだとか。
　セレナちゃんは今は隣のクラスなんだけど、1年生の頃は同じクラスで……そういえば1年生の最初の頃、セレナちゃんのハンカチを拾って、それがきっかけで話すようになったんだっけ。
　そうだ、このハンカチどっかで見たことあると思ったら、セレナちゃんのだ！
「はいこれ、落ちてたよ」
「え、ぁ……っわたしの、ハンカチ」
　ハンカチを差し出すと、そっと大事そうに、セレナちゃんはそれを受け取った。
「柚月さん、わたしのハンカチのこと覚えててくれたの？」
「そりゃあもちろん！　セレナちゃんと初めて話したきっかけも、このハンカチだったし」

私がそう言うと、セレナちゃんは少し顔を赤くして「ちゃんと、覚えててくれたのね……」と小さく呟いた。
「セレナちゃん？」
「え!?　あ、あの、ハンカチ……その、拾ってくれて感謝するわ。こ、この月城セレナがお礼を言ってあげてるんだから、ありがたく感謝の言葉を受け取りなさい！」
　オーホッホッホ！　と絵に描いたような高笑いをした後、ハッと顔色を変え、今度は焦ったようにあわあわとし始めた。
「わたしったらまた……っ、こんなことを言うつもりじゃなかったのよ、柚月さん！　わたし、ハンカチを拾ってくれて本当に感謝してて……ほ、本当に本当なのよ!?」
　真っ赤な顔で叫んだセレナちゃんは私とパチリと目が合うと、急いでその視線をそらした。
「……えっと、それで、その……、わたしは柚月さんともっと……だから」
　ゴニョゴニョとセレナちゃんは何か言っているけれど、だんだん声が小さくなっていき、最後のほうはほとんど聞き取ることができない。
「ごめんなさい、最後のほうがうまく聞き取れなくて」と聞き返したけれど、セレナちゃんはやはりモゴモゴと、どこか恥ずかしそうに小声で何か言っている。
「セレナちゃん、もしかして体調が悪いとか？　顔もなんだか赤いし……」
「へ!?　か、顔が赤いのなんて気のせいじゃないかしら!?

そうよ、気のせいだから気にしないでちょうだい!」
　そこまで言うと、セレナちゃんは「今がチャンスよ、頑張るのよ、今日こそ言うのよ!」と1人で何か気合いを入れている様子で……。
「柚月さん!!」
「は、はい!?」
　大声で名前を呼ばれ、私の身体がビクリと跳ねる。
　同時にバッとセレナちゃんは顔を上げ、何かを決心したように両手でぎゅっと拳を作った。
「柚月さん、じつはあなたに伝えたいことが――」
「柚月!」
　セレナちゃんの言葉は、私の名前を呼ぶ声に遮られた。
「あ、彼方!」
　見ると、彼方が2人分のカバンを持って私のほうに歩いてきていた。
「帰ってこないから心配した。カバンも持ってきたから、早く帰ろ」
「あわわ、ごめん彼方!」
　やっぱり彼方は教室で待っていてくれたのか、私の帰りが遅いので、わざわざカバンを持って探しに来てくれたらしい。
　彼方からカバンを受け取り、改めてセレナちゃんと向き合う。
「っと、セレナちゃん、さっきは何を言いかけて……」
　だがセレナちゃんは私のほうを向いておらず、見たこと

もない恐ろしい顔で彼方のことを睨みつけていて……へ?
「セ、セレナちゃん?」
「えっ!? あ、ど、どうかなさいました、柚月さん?」
　気づくと、セレナちゃんの顔はいつもの表情に戻っていた。
　あれ? なんだかセレナちゃんがすごい形相で彼方のことを見てたような……見間違いだったのかな?
「セレナちゃん、さっき何か言いかけてたでしょ? 私に伝えたいことがあるって……」
「あ、えっと、そ、それはまた今度にしましょう」
「でも……」
「と、とにかく、今日のところはこれで失礼するわ!!」
「あ、セレナちゃん!?」
　ピャーッと、素早い動作で廊下の先へと消えていくセレナちゃん。
「……柚月」
「ひゃい!?」
　耳元で突然囁かれて、ゾワリとした感覚が身体中に走る。
　見ると彼方が少しふてくされた顔で、私の手をぎゅっと握りしめていた。
「あ、あの、彼方さん?」
「早く帰ろ。……それと、あんまり俺のことほったらかさないでね。柚月がいないと、すごく寂しいから」
「か、彼方っ」
　スリッと、彼方が私の首筋に頬ずりをする。

彼方の癖(くせ)のある髪が当たってくすぐったかったけれど、私に甘えてくれる彼方に、やめてなんて言えなくて……。
「うん、今日は待たせてごめんね。……えっと、じゃあ帰ろっか」
　隣にいることを確認するように、ぎゅっと、彼方は繋いでいる手に力を入れたのだった。
　……それにしても、セレナちゃんはいったい何を私に伝えようとしていたんだろう？
　今度会ったらちゃんと聞かなきゃ。

「ん～！　今日も疲れた～！」
「お疲れ様、柚月」
「彼方こそお疲れ様！　調理室の使用許可、無事に取れてよかったね！」
　彼方と2人、いつもの帰り道を歩く。
　文化祭が近づくにつれ、きっとこれからは今よりもっともっと忙しくなることだろうし……うん、頑張らないと！
「柚月、無理だけはしちゃダメだからね。何かあったら、ちゃんと俺に頼ってほしい」
「彼方……」
「柚月だけが頑張らないで。一緒に頑張ろう？」
　その優しさが嬉しくて、その気遣いが嬉しくて……でも私はなぜか、うんと首を縦に振れないでいた。
「あー、ありがとね、彼方。でも私、無理なんてしてないよ？　自分ができることを精一杯やってるだけだから」

「でもっ」
「それよりも、彼方こそ無理して体調崩さないでよ?」
「柚月も、だよ?」
「私は大丈夫だって! 体力あるし!」

　大丈夫だと言いながら、彼方の負担にならないように私が頑張らないと、と心の中で気合いを入れる。

　彼方のために、私が頑張らないと。

『今の一色くんでは、君の力にはなり得ないからね』

　鬼龍院くん、私は彼方に何かしてほしいわけじゃないんだよ。

　私が彼方の力になってあげたいんだ。

　昔からそうだった。

　昔からそうあり続けようとした。

　幼なじみとして、彼方のそばにいた。

　……じゃあ、今は?

「……あっ」
「柚月?」

　思わず立ち止まってしまう。

　今? 今の私と彼方の関係は?

　幼なじみとしての関係なんて、とうに壊れた。

　彼方だって私を頼ってくれなくなった。むしろ頼ってほしいと言ってくれるほどだ。

　私が頼りないから彼方は私を頼ってくれない?

　彼方に必要な存在ではない?

　なんのために、彼方の隣にいる?

「……あ、えっと」
「柚月、どうかした?」
　息がつまるような感覚。
　それに気づいた彼方が、心配そうに私の顔を覗き込む。
　ああもう、私が彼方に心配をかけてどうするの。
　もっと、もっと頼ってもらいたい。幼なじみなんて関係はもうどうだっていい。
　私の居場所は昔から彼方の隣しかないんだから。
　だからもっと必要とされないと。もっと求められないと。
　いらない、と言われないように。
「大丈夫、なんでもないから!」
　いつもどおりの笑顔で、私は彼方に、そう返事をした。

「……そんなに、俺って頼りない?」

「——よし、サイズもちょうどいいな。文化祭までこの服は各自で持っておくか、保管用のラックに……」

仕切っているのは鬼龍院くんで、その場にいるみんなの手には、文化祭で着る予定の服が抱えられていた。

ワインレッドのシャツに黒色のベスト。同じく黒色の、腰に巻くタイプの前かけエプロン。

まるでバーテンダーを思い起こさせるような服で、生地もしっかりとしていて品がある。

じつはこの服、鬼龍院くんの家が経営しているホテルやレストランで実際に使っている物らしく、今回は特別に借りられることになったのだ。

「一色くん似合ってる〜! カッコいい〜!!」
「うわぁ、本当にバーテンダーみたい!」
「はぁあ……目の保養……」

彼方はというと、これまた見事に女の子に囲まれており、話をすることはどうも困難そうだ。

「あ、そういえば当日の更衣室の貸し出し許可って、まだ出してなかったよね」

私が声をかけると、鬼龍院くんは「ああ」と頷いた。

「いったん服を試着してみてどうするか決める予定だったが……まあこの様子だと、とくに問題はなさそうだな」
「じゃあ私、真壁先生にそのこと伝えてくるね!」

そうと決まればと教室を出ていこうと扉に手をかける。
　だが鬼龍院くんが、「ちょっと待ってくれ、近衛くん」と私を止めた。
「それなら後で僕が言っておこう」
「え？　でも……」
「生徒会のほうが忙しく、こちらのことはあまり手伝えていなかったからな。それぐらいはぜひ僕にやらせてくれ」
　確かに、生徒会のほうで忙しい鬼龍院くんはなかなかこちらに手伝いに来ることができず、本来なら３人で分担する予定だった仕事量をこなすのは結構大変だ。
「でも、生徒会のことでこっちの手伝いができないのは仕方がないことで、鬼龍院くんが責任を感じる必要はまったくないよ！」
「だが……」
「こっちのことは私に任せて、鬼龍院くんは生徒会のお仕事頑張ってね！　じゃあいってきます！」
「あ、近衛くっ」
　まだ何か言いたそうな鬼龍院くんに見送られ、私は教室を出る。
　もっと頑張らないと。
　彼方の負担にならないように、彼方に頼ってもらえるように、私が頑張らないと。
「あ、あら！　誰かと思えば柚月さんじゃない！」
　教室出て少し歩いたところで、突然後ろから声をかけられた。

この声は……。
「セレナちゃん!」
　ふわりとスカートを揺らし、まるでモデルさんのように綺麗な姿勢で、セレナちゃんは私に歩み寄る。
「ここで会うなんて奇遇ね、柚月さん。今から何かご用事かしら?」
　と小首を傾げるセレナちゃん。
　その仕草がとても可愛らしい。
「うん、職員室にちょっとね」
「ふーん、職員室……職員室、ね。一色彼方の姿は……よし、いないわね」
　キョロキョロと、目を細めて辺りを見回すセレナちゃん。
「?　彼方がどうかしたの?」
「へ!?　あ、いえ別に、なんでもないから気にしないでちょうだい。……そ、それにしても柚月さん、最近なんだか忙しそうね?」
「私、文化祭実行委員だから。今から職員室に行くのもその用事でね。セレナちゃんは?」
「わたしは、その……ちょっと気分転換に散歩を……いえ、やっぱりこんなふうにごまかすのはいけないわね。じつは柚月さんの姿が見えたから、こうしてちょっと抜け出してきたの」
　私の姿を見て追いかけてきてくれたのだろうか?
　そういえば、この前セレナちゃんは私に何か言いかけて、結局はまた今度でいいからって最後まで聞けなかったん

だっけ。
「前、私に何か伝えたいことがあるって言ってたよね。もしかしてそのこと？」
「あ、そ、そのこともあるのだけれど……その前に」
「ハンカチ……そのっ」と、セレナちゃんは少しもじもじとどこか恥ずかしそうにしている。

頬に少し赤みがさしていて、それが白い肌によく映える。
「ハ、ハンカチ拾ってくれたお礼をまだちゃんと言えてなかったでしょう？　だから、その……柚月さん。わたしのハンカチを見つけてくれて、拾ってくれて……本当に、ありがとう」

言い終わった後、セレナちゃんは頭を下げた。
「そ、そんな頭なんて下げないでよ！」
「感謝の気持ちを表してるだけよ！　そ、それに、この前も言ったけれど私が感謝の言葉を言ってあげているのだから、素直に受け取るべきじゃなくて!?」

そこまで言って、ハッとなるセレナちゃん。
「あ、ご、ごめんなさ……また上から目線に……わたしったら、そ、そういうつもりじゃっ」

どこか慌てた様子のセレナちゃんの両手を、私は落ち着かせるようにぎゅっと握る。

その握った手は私よりも少し小さく、きめ細やかで透明感のある肌はとても滑(なめ)らかで……まるでお人形さんのような手だなと、私は思った。
「ゆゆゆ、柚月さん!?」

「うん、そうだね。セレナちゃんの言うとおり、感謝されたらちゃんと受け取らなきゃだよね!」
 そう、感謝の気持ちは、ちゃんと受け止めなければ。
「え、ええそうよ! さすがは柚月さん、理解が早いわね!」
 フンとセレナちゃんは鼻を鳴らす。
 そしてチラリと、私がつい握ってしまった両手に視線を向けた。
「っと、ごめんセレナちゃん! 勢い余って手握っちゃって」
「ぁ……っ」
 手を離すと、セレナちゃんの表情がどことなく寂しそうになり……。
「セレナちゃん、どうかしたの?」
「……も、もう少し握ってもらっていても、別に」
 つんつんと人差し指同士を合わせ、寂しそうにするセレナちゃんは、どこか不満そうな、いじけたような表情になる。
「え?」
「い、いえ、なんでもないわ! 本当になんでもないのよ!? あぁもう、いつもの調子が出ない……ファイトよ、わたし!」
 後ろを向いて、気合いを入れているセレナちゃん。
 何か言いたいことがありそうだけど……。
「月城? こんなところで何してんだ?」
 セレナちゃんの名前が呼ばれそっちに視線を向けると、

隣のクラス……セレナちゃんのクラスの担任である、野沢先生が立っていた。
「げっ」
「その、『げっ』て声はなんだよ……っつうか、俺のクラスは今日の分の準備が終わったら自習のはずだったよな？ それなのに、なんで月城はこんな廊下の真ん中に突っ立ってんだ？ ん？」
　セレナちゃんにそう言った後、先生は私のほうにも視線を向ける。
「で、近衛までなんでここにいるんだ？」
「えっと、私は……」
「っ!?　ゆづ……こ、近衛さんは違います！　近衛さんは文化祭実行委員の仕事で今から職員室に行くところで、決してさぼりとかそういうんじゃなくて……！」
「よしわかった、月城は近衛の仕事の邪魔をしてたってわけだな？」
「そ、それは……」
「お前なぁ、そんなことしてみろ。俺が真壁先生にチクリと言われるんだからな？」
「で、でもっ」
「でもじゃない。ほら、とにかく行くぞ」
「うぅ……っ」
　不満そうに先生の顔を見た後、渋々といった様子でセレナちゃんは私に背を向けた。
「ゆ、柚月さんっ」

名残惜しそうに私の名前を呟いて、後ろを振り返るセレナちゃん。

　1つ1つの仕草が本当に可愛いなぁ。

「最近は忙しくてゆっくりする時間とかないんだけど、また今度お話しよう、セレナちゃん！」

　セレナちゃんが何を私に言おうとしているのかすごく気になるけれど、今回は仕方ないと思い『また』の約束を提案してみる。

　するとセレナちゃんの顔はパァッと晴れやかになり、「わかったわ！」と満面の笑みが返ってきた。

「柚月さん、じ、じゃあ、また！」

「うん、またねセレナちゃん」

　さて、私も真壁先生のところに行かなければ。

　そう思い、セレナちゃんとは逆方向に歩みを進めたのだった。

「んー、今日も疲れたぁ！」

——文化祭まであと1週間。

　文化祭実行委員としての仕事もまだまだ忙しくなる一方で、ひとときも休む暇がない。

　文化祭当日の調理や接客の交代時間など、今日クラスで話し合って決めたことをまとめる作業は思いのほか時間がかかってしまい、気づけば、教室の窓から覗く空はオレンジと赤に染まっていた。

「当日の時間割りは、きっとこんな感じで大丈夫だよね」

「ごめん、柚月。結局ほとんど1人でまとめてもらっちゃって……」
「なに言ってるの！ 私は私の仕事をしただけで、別に彼方が謝るようなことじゃないってば！ ってそれよりも、もうこんな時間だし早く帰ろう」
「……うん。それも、そうだね」
　今日クラスで話し合ったことをまとめたノートを閉じて、自分のカバンの中に入れる。
　そのカバンを持ち、私が席を立つと、同時に彼方も立ち上がった。
「でも別に、彼方は先に帰っててもよかったんだよ？」
　夕日に照らされている廊下を、彼方と2人並んで歩く。
　聞こえるのは自分たちの足音と、部活動で残っていると思われる生徒の声だ。
「しかも結局、予定よりかなり遅くなっちゃったし。またこんなことがあれば、やっぱり先に……」
「なんで、1人で残る前提なの」
「え？」
「……ねぇ、柚月」
　前を向いて歩いていた彼方が、少しだけ私のほうを向いた。
「最近ちょっと、1人で頑張りすぎてない？」
　……確かに無茶しすぎかなと自分でも思うときはあるけれど、文化祭まで時間もないんだし、そんなことは言っていられない。

「私なら大丈夫だって！　これでも結構体力あるし！」
「でも、椅子とテーブルの手配とか気づいたら柚月がやってるし、いつの間にか、飾り用の花とかテーブルクロス用の布まで用意してあったし……」
「あー、あれね！　じつはお花は園芸部の人に、テーブルクロスは手芸部の人たちに頼んで貸してもらったんだ！」

　お花は運ぶのがちょっと大変だったけど、園芸部の人たちにも少し手伝ってもらったし、そこまで疲労感はないというか。

　……うん、大丈夫。私はまだまだ頑張れる。

「みんな快く貸してくれて、まだ何か必要なものがあったらいつでも言ってくださいって！　あ、彼方も、何かあったら私に──」
「柚月」

　彼方が足を止める。つられて、私も足を止めた。

「彼方、どうかした？」

　窓から差し込む夕日の光が、彼方の辛そうで、苦しそうな表情を照らしだす。

　え……な、なんで、そんな顔してるの……？

「か、彼方？」
「柚月がしてくれたことは全部"文化祭実行委員"の仕事であって、柚月が1人でやる必要はないんだよ？」
「それは……で、でも彼方にはもう十分してもらってるし！　むしろ、これ以上は彼方の負担に──」
「どうして俺のこと……頼って、くれないの？」

違う……私は、彼方にそんな顔をしてほしかったわけじゃ……。
「……そんなに、俺って頼りない？」
「べ、別にそういうわけじゃ……ほ、本当に私は、彼方の役に立てればって思って……」
　私が頑張らないと、と思った。
　人一倍頑張って、みんなに……彼方に認めてもらいたかった。
　必要とされたかった。
　……ただそれだけ、なのに。
「俺が隣にいるから。柚月のそばにいるから」
　そこに立っているだけじゃあ、誰も私のことなんて認めてはくれないから。
　誰も私のことなんて必要としてくれないから。
「だからもう、1人で頑張らないで」
　……だって私には、彼方とは違って"何もない"から。
「……彼方には、わかりっこないよ」
「柚月？」
「っ!?　あ、いや、そのっ、なんでもない！　なんでもないから！」
　慌てて言葉を濁す。
　だけど彼方は納得してないようで、私の腕を、まるで逃がさないとでも言うようにつかんだ。
「わかりっこないって、何が？」
「っ!?」

やっぱり聞かれてた。
　まずい。どうしよう。ごまかさないと。
「な、なんでもない……から」
「柚月、何か悩んでるなら俺に言ってよ。それとも、やっぱり俺じゃダメなの？」
「……っ」
　言えるわけがない。
　私の本心なんて言えるわけがない。
　言ってしまったら、彼方になんて思われるか。
「……かな、たっ」
　息がつまる。胸が苦しい。
「柚月っ!?」
　彼方が驚いた表情で私を見つめている。
　彼方、なんでそんな顔……？
「……っぁ」
　そう声を漏らしたのは私だった。
　おもむろに自分の頬に触れてみると、ちょっと濡れていて……ああ、なんだ私……泣いてるのか。
「ご、ごめん彼方。ちょっと待ってね」
　涙なんて流したら彼方が困ってしまう。
　だから泣きやめ。泣きやめ、自分。
「柚月……ご、ごめっ」
「なんで彼方が謝るの！　ほらもう大丈夫だから！」
「……柚月っ」
　また何か言おうと口を開いたが、彼方が言葉を発するこ

とはなかった。
　そして私は、この話はこれで終わりと言うように……。
「彼方、私は大丈夫だから！」
　なんて精一杯の笑顔を彼方に返したのだった。
　そしてじつはこのとき、この一部始終をまさかセレナちゃんに見られていたなんて……。
　このときの私には、知るよしもなかった。

「さて、これが最後のミーティングだ。よろしく頼む」
　鬼龍院くんが放課後にしか時間が取れないということで、例の静かな空き教室で、最後のミーティングが始まった。
　……あの後、彼方と私はいつもどおり家に帰った。
　私が泣いたことにとくに触れることはなく、いつもどおり……そう、いつもどおりだ。
　何も問題はない。いつもどおりの日々。
　これでいいんだ。
　これで……。
「……君たち、もしかして何かあったかい？」
「へ？」
　鬼龍院くんの質問に、ドキリと胸が鳴る。
「べ、別に何もないよ、鬼龍院くん！」
「近衛くん、僕は君が好きなんだ。君の様子がおかしいということくらい、常に君のことを見ている僕にとっては簡単にわかることなんだよ」

「鬼龍院くん……っ」
　嫌な汗が流れる。
　私が泣いてしまったなんて話したら、きっとその理由を聞かれるだろう。
　そうなれば、私の本心を言うはめに……。
　ダメだ。それだけは絶対にダメだ。
「本当になんにもないから！」
「……本当かね、一色くん？」
　鬼龍院くんの視線が、ずっと押し黙っている彼方へと向く。
「本当に何もなかったのかい？　一色くんもどこか様子がおかしいように見えるが？」
「……別に、何も」
　彼方の言葉に、鬼龍院くんは深く眉間にしわを寄せる。
　その表情はどこか怒っているようで。イラついているようで。
「近衛くんがおかしいことは君も気づいているはずだ。それなのに、なぜ"何もない"なんて嘘をつくんだ？　君が1番近くにいるのに、なんで……！」
　悔しそうな鬼龍院くんの声が教室に響き渡った、そのときだ。
「失礼するわ!!」
　ガラガラーッ！と勢いよく扉が開いたと思ったら、そこにはセレナちゃんが仁王立ちしていた。
　セ、セレナちゃん!?

「どうしたの、セレナちゃん!?」
「いきなりなんだ、騒々しい」
　驚きで目を丸くする私。
　それとは打って変わって、鬼龍院くんは思いきり顔をしかめている。
「今は文化祭の大事なミーティング中だ。出ていってくれ」
「嫌よ」
　ドスのきいた低い声で、鬼龍院くんを睨みつけるセレナちゃん。
　こんな迫力のあるセレナちゃん初めて見た……。
「いいか、もう一度言う。邪魔だから出ていってくれ」
「うるさいわね！　わたしは別にあなたに用事があるわけじゃないの！　用があるのはそこの２人よ!!」
　そう言いながら、セレナちゃんは私と彼方のほうを見た。
　もしかして、私と彼方に用事？
「これは緊急を要することだから、率直に言わせてもらうわ」
「セ、セレナちゃん、いったい……」
　するとセレナちゃんは自分を落ち着かせるように深呼吸を何度かして、突然、少し伏せていた顔をバッと勢いよく上げた。
　そして……。
「柚月さん、そして一色彼方！　あなたたち２人の仲を、この月城セレナが引き裂いてあげるわ!!」
　そう高らかに、セレナちゃんは宣言したのだった。

chapter:4

「ごめんね、柚月」

「あら柚月さん、ごきげんよう！」
「お、おはよう、セレナちゃん」
「……くっ、今日も仲よく朝から登校……見せつけてくれるわね」

　セレナちゃんが突然、私と彼方の仲を引き裂くと宣言した次の日。

　教室の扉の前で腕を組み、私と彼方が来るのを待っていたようだ。
「なんだ、本当にこの２人を引き裂くつもりなのか？」

　今日は校門のところで鬼龍院くんとも出会い、こうして３人で教室にやって来たわけだけれど……。
「あらあら、鬼龍院財閥の跡取りお坊ちゃま、ごきげんよう。でも残念ながら、あなたにはまったく興味がないの。だから気安くわたしに話しかけないでくれる？　ってそれよりも、距離が近いのよ、あなたたち！」

　ぐいーっと、私と彼方の間に割り込んでくるセレナちゃん。

　私と彼方との間に距離ができたことに満足したのか、「これでいいのよ、これで」と、満足げな笑顔を見せた。

　……どうしてこんなことになってしまったのか。どうしてセレナちゃんは私と彼方の中を引き裂こうとするのか。

　私はこの前の最後のミーティング……『あなたたち２人

の仲を、この月城セレナが引き裂いてあげるわ!!』とセレナちゃんが言ったときのことを、思い返してみた。

『——柚月さん、そして一色彼方！ あなたたち２人の仲を、この月城セレナが引き裂いてあげるわ!!』
　突然やってきて、突然そう宣言したセレナちゃん。
　ひ、引き裂く？　私と彼方の仲を？　セレナちゃんが？
『月城くん、２人の仲を引き裂くとはいったいどういうことだ？』
　１番最初にそんな質問をしたのは、確か鬼龍院くんだった。
　腕を組んだまま、フンとセレナちゃんは鼻を鳴らす。
『そのままの意味よ。２人の仲を引き裂くの。もう口も聞けないくらい、引き裂いてしまうのよ！』
『セレナちゃん、なんでそんなこと……』
『ごめんなさい、柚月さん。でもこれは、わたしの中でもう決定したことなの』
　セレナちゃんは真っ直ぐに、力強く私を見据える。
『いや待て。なぜ月城くんがそんなことをするんだ？　そして引き裂くとは具体的にどうやって？』
　鬼龍院くんのツッコミに、セレナちゃんは一瞬『うっ、それは』と言葉をつまらせた。
『ほ、方法ならこれからいくらでも考えるわよ！　今に見てなさい!!』
『月城くん、それをなんて言うか知ってるかい？　無計画

と言うんだよ』
『うるさいわね！　ちょっと本当に黙ってなさいよ!!』
　鬼龍院くんとセレナちゃんが言い争いを始めてしまい、私はどうすることもできなくてただその光景を見守る。
　すると……。
『ミーティング、始めないの？』
　冷静な彼方の声が、教室内に響き渡ったのだ。
『柚月疲れてるだろうし、早く家に帰してあげたいから。だから、やるならさっさと始めようよ』
　そんな彼方の言葉に鬼龍院くんは『すまない、確かにそのとおりだ』と席に座り、セレナちゃんは『……仕方ないわね』と近くの椅子に座った。
　……あれ？
『セレナちゃんは帰らないの？』
『え!?　えーっと……み、見張ってるのよ！　あなたたち2人が過度なスキンシップを取らないようにね!!　……あと、柚月さんと少しでも一緒にいたいというか……いえ、だから、そのっ』
『いてもいいが、邪魔だけはしないでくれよ、月城くん』
『わかってるわよ！　いちいちうるさい男ね!!』
　こうして最後のミーティングを終え、帰りは……。
『2人きりで帰るなんて、この月城セレナが許すと思っているの？』
『それなら僕も一緒に行こう』
　そう言ったセレナちゃんと鬼龍院くんは、結局私と彼方

の家の前まで一緒に帰ったのだ。
　でも、セレナちゃんがどうして私と彼方の仲を引き裂こうとするのか、その理由はわからないままで……。

「――で、なんで月城くんがここにいるんだい？」
　昼休み。
　突然、セレナちゃんが自分のお弁当を抱えて「ご一緒にいいかしら!?」と教室にやってきた。
　そして今は、4人で机を向かい合わせにくっつけてのお昼だ。
「なんでって、この2人を引き裂くためよ！」
「それが一緒にお昼ごはんを食べることと、いったいどういう繋がりがあるのか僕にはさっぱりわからないが」
「そ、それは……えっと、2人が会話しようとしたらとりあえず邪魔してやるのよ!!」
　なんてセレナちゃんは言うが、先ほどから彼方は無言でパンを食べていて、私と彼方の間に会話という会話はとくにない。
　どうしたんだろう、彼方。
　なんだか最近、ちょっと様子がおかしいような？
「だが引き裂くとは言うが、それは少しおかしいんじゃないか、月城くん？」
「何がよ？」
「この2人は別に恋人同士でも特別な関係でもない。その2人を引き裂く……というのはおかしいだろう？」

「だからどこがよ？」
「たとえば自分に好きな人がいて、その好きな人には恋人がいて、自分のものにするためにその２人を引き裂く……というのなら話は通る。だがこの２人はそうではない」
「好きな……人？」

　思わずセレナちゃんを見る。

　鬼龍院くんの言うとおりだ。それなら理由としても筋は通るし、納得もできる。

　セレナちゃんに好きな人……セレナちゃん、まさか。
「……そうね。似たようなものと思ってもらってかまわないわ。……でも逆に、恋人同士ならわたしだって手を出すようなマネはしないわよ。そこまでひねくれてないわ。そうじゃないってことくらい、もう調査済みよ」
「セレナちゃん、じゃあどうして……」
「だって"これから恋人同士になるかもしれない"し、わたしはそれを阻止したいの」

　そのセレナちゃんの言葉で私の考えがほぼ確信に変わる。

　私と彼方を恋人同士にさせたくない。

　私と彼方の仲を引き離したい。

　そう思ってるってことは、セレナちゃん、やっぱり彼方のことが……。
「柚月、どうかした？」
「へ？」

　心配そうに、彼方が私の顔を覗き込む。

「なんだか、思いつめたような顔してたから」
「そ、そうかな？　気のせいだと思うよ？」
「……そっか」

　妙にあっさりと私から顔を離すと、彼方はまたパンを食べ出す。

　このとき、セレナちゃんが「ちょっ、だから近いのよ、あなたたち！　さっさと離れなさい!!」と席を立ち上がったことに視線がいってしまい、鬼龍院くんが彼方を睨みつけていることに、私は気づかなかったのだった。

　——さて、何が起ころうと、文化祭実行委員である私の忙しさは変わらない。
「テーブルクロスは貸してもらえたし、あとは……」

　最後の仕上げとばかりに、何か用意しなければいけない物はないか確認をしていく。

　私たちが喫茶店をする教室は調理室の隣にある被服室（ひふくしつ）で、今は置いてあった机を外に出している状態なので、ひどく殺風景だ。

　そして今日もすっかり遅くなってしまい、早く帰らなければすぐに暗くなってしまうだろう。

　職員室に行って被服室の鍵を返し、それから私はすぐに自分の教室へと向かう。

　……彼方、まだ教室にいるかな。

　今日も私のことを手伝うと言ってくれた彼方に『大丈夫、私がやるから！　彼方は先に帰っててもいいからね！』と

言い残し、私は1人教室を出た。
　結構時間も経っちゃったし、さすがに帰ってるよね。
「……私は」
　……私は、彼方の役に立っているだろうか？
『……そんなに、俺って頼りない？』
　あのときの言葉が、頭の中で嫌な感じに響く。
　頼りないのはきっと私だ。
　むしろ彼方はみんなに人気で、カッコよくて、頭もよくて、優しくて……悪いところなんてまったくない。
　それに比べて私は……。
「あー、ダメダメ！　落ち込んでてもしょうがないでしょ、私！」
　だから頑張るのよ、私！と自分に気合いを入れ、教室へ行くための廊下を曲がろうとした、そのとき。
「……？　っ!?」
　曲がった先にいる"2人"を見て、急いでその場に身を隠す。
「……っ、なんで」
　ドクドクと脈打つ胸を押さえ、壁に身体をくっつけて、今度はそろりと覗き込んでみる。
　この廊下を右に曲がれば私の教室なのだけれど、それとは逆の左方向の、突き当たり。
　そこに彼方とセレナちゃんが立っていて、何か話をしている様子だ。
　だがここからでは結構距離があり、会話の内容までは聞

こえない。
　……でも、こんなところで、しかも２人きりで、いったい何を話してるんだろう？
　まさかセレナちゃん、彼方に告白……とか……。
「……っ」
　息がつまるような感覚に襲われる。
　落ち着け、私。まだ告白だと決まったわけじゃない。
　……でも。
「どうしようっ」
　……もしも彼方がセレナちゃんを選んだとしたら。
　いや、私なんかよりセレナちゃんのほうがいいに決まってる。
　彼方は私のことを優しいだとか、救ってくれたなんて言うけれど、私は……。
「……嫌だ」
　やめて。お願いだから。彼方の隣を私から取らないで。
　私の居場所を奪わないで。
　お願いだから……。
「近衛くん？　そこで何をしてるんだい？」
「っ!?」
　名前を呼ばれ、驚きのあまり身体が跳ねる。
　振り返るとそこには鬼龍院くんがいて、不思議そうに私を見つめていた。
「近衛くんどうしたんだい？　どこか顔色が……」
　ハッとしたように、鬼龍院くんは私の後方……彼方とセ

レナちゃんが話しているほうに視線を向ける。
「あ、あの、鬼龍院くっ――」
「近衛くん、こっちへ」
「わっ!?」
　腕を引っ張られ、そのままわけもわからずどこかに連れていかれる。
　ついた先はよくミーティングで使っていた空き教室で、鬼龍院くんは勢いよくその扉を開ける。
　中に入ると、もちろん誰もいなくて……。
「き、鬼龍院くん、いったいどうしっ――」
　扉を閉めた後つかつかと私に近づいてきて、そのまま、鬼龍院くんは私を強く抱きしめたのだ。
「っ!?」
　突然の出来事に頭がついていかず、軽くパニックになる。
　私、鬼龍院くんに抱きしめられてる!?
　なんで!?
「ど、どうしたの、突然!?」
「……僕じゃ、ダメかい?」
「え?」
「僕を……僕を選んでくれ、近衛くん。一色くんじゃなくて、僕を……選んで」
　絞り出すような声で囁かれる。
「え、ぁ、鬼龍院……くん……?」
「僕なら君にそんな辛そうな顔なんてさせない！　一色くんのように、君を放ってはおかないと……約束する」

「ち、違うよ、鬼龍院くん！」
「何が……何が、違うって言うんだ」
　少しだけ、私を抱きしめる腕に力が入ったのがわかった。
「全部、全部私が悪いの。私が役立たずだから、私になんの取り柄もないから……だから、頼ってももらえなくて」
「そんなことはない！　近衛くんはっ」
「そんなこと、あるよ」
「違う、近衛くんはっ」
「昔からそうだった。……でもそれは、仕方のないことだから」
　くっついていた鬼龍院くんの身体をそっと押し、1歩、私は鬼龍院くんから距離を取る。
「だって私には、なんにもないから。そんな私を必要としてくれる人なんて、誰もいないに決まってるよね」
　みんなが見ているのは、やっぱり私の隣にいる彼方だった。
　それに比べてなんの取り柄もない私は、誰の気にもとめられず、気づけば1人きりになっていて……。
「もう、なんで鬼龍院くんがそんな顔してるの。ほら、いつもみたいに笑おうよ！　笑顔が1番だよ！」
　ニコッと笑顔を作り、それを鬼龍院くんの顔に向ける。
「……近衛くんは、今自分がどんな表情をしているのかわかってないのかい？」
　私？　どんな表情？
「いつもどおりだよ！　本当に大丈夫だか──」

「どれだけ自分が苦しそうな表情をしていると思ってるんだ!! 大丈夫だなんて、そんな嘘をつくだけ無駄だ!!」
　叫び声に近い鬼龍院くんの声。
　身体の震えが止まらない。
　どうしよう、鬼龍院くん……怒ってる。
「鬼龍院くっ、ごめ、あの……私、何か気にさわること言っちゃったかな。ごめんね」
「僕のことなんて今はどうでもいい。近衛くん、君は自分のことを最優先に考えるべきだ」
「自分の、こと？　わ、私なら大丈夫だってば……大丈夫、だから。大丈夫……」
　……何が、大丈夫？
「柚月？」
　後ろから聞こえてきた声に頭の中が真っ白になる。
　振り返ると、そこには驚いたように私たちを見つめる彼方がいた。
　え、なんで彼方がここに？
　ここは教室から離れた空き教室で、彼方が来る理由なんて１つも……。
「やあ一色くん、よくここがわかったね？　で、近衛くんを放っていったい何をしていたんだい？」
「柚月がなかなか帰ってこないから探してただけ。そしたら鬼龍院の大声が聞こえてきて、まさかとは思ったけど」
　ああそうか、さっきの鬼龍院くんの声でここがわかったのかと納得する。

それに彼方、私のことを探しに来てくれたんだ。
「鬼龍院こそ、柚月と２人で何してるの？」
「あ、あー彼方！　ちょっと文化祭のことで鬼龍院くんに用事が……あ、あの、探しに来てくれてありがとね！　さ、時間も遅いし早く帰ろ！」
　彼方のほうに行こうとして、それを止めるように鬼龍院くんが私の腕をつかんだ。
「近衛くん、君は僕と離れたいかい？　こうして僕がずっとそばにいてあげてもいいんだよ？」
「ずっと……？」
「ああ、だがもし嫌だと思うなら、もし本当に君が違うと思うなら、この手を振りほどけばいい。前にもそう言っただろう？」
「ぁ……っ」
　振りほどく、なんて……。
　私は……。
「そ、そんなことより、その、さっきは怒らせちゃったみたいでごめんなさい、私っ」
「……"そんなことより"ときたか」
　スッと鬼龍院くんは私から離れ、今度は優しく両肩に手を置いて、私のことを真っ直ぐ見つめた。
「僕は怒ったわけじゃないから、安心してくれ、近衛くん」
「ほ、本当に……？」
　なだめるように、鬼龍院くんは私の頭を２、３回撫でる。
　よかった……鬼龍院くん、怒ってなかった。

「……さて一色くん。なぜ、近衛くんを放っておいたんだい？」
「あ、ま、待って鬼龍院くん！　今日は私がちょっとだけ文化祭の準備がまだ残ってて、彼方も本当は手伝ってくれるって言ってくれたけど私が断っちゃって、別に私をほったらかしたわけじゃ！」
「近衛くん、僕は今日のことを言ってるんじゃない。ずっと前から思っていたことなんだよ」
「え……ずっと、前から？」
　わけがわからないまま、鬼龍院くんの言葉に耳を傾ける。
「一色くん、君は近衛くんの異変に気づいていたはずだ。１番近くで近衛くんを見ていたのは君なんだからね」
　異変？　私に？
「なのに、近衛くんが大丈夫だと言えば、君はあっさりと近衛くんに手を差し伸べることをやめた。……いつもいつも、大丈夫でないと気づいていたくせに」
「鬼龍院くん、何を言ってるの？　私は、そんな……」
「ゆ、柚月っ」
　私がかなり動揺(どうよう)していることに気づいたのか、すぐに彼方が駆け寄ってきて私の手を握ってくれる。
　温かいと思うと同時に、この温(ぬく)もりがいつか消えてしまったら……そう考えてしまう。
　そういえば彼方、セレナちゃんとの話はもう終わったのかな。
　……何、話してたんだろう。

でも、たとえセレナちゃんが彼方に告白したとしても選ぶのは彼方だし、私が口出しすることじゃないよね。
「そうやって手を握って、近衛くんが大丈夫だと言えばまた手放すのか？　そんなことなら初めから手なんて差し伸べるな！」
「……っ」
　顔を伏せ、押し黙ってしまう彼方。
「彼方っ」
「近衛くん……僕のそばにいたいときはいつでも声をかけてくれ。いつでも、待っているから」
「わ、私は」
　どうしよう。どうしよう。
　どうすれば彼方が顔を上げてくれる？
　どうすれば彼方が私を見てくれる？
「か、彼方、彼方、私ならほら、大丈夫だから！　ね！ほら顔を上げ……て……」
　なんでそんな、泣きそうな顔をしているの？
「どうしたの？　辛いことがあったなら、私に」
「ごめん」
「彼方？」
「ごめん、本当に……ごめんね、柚月。こんな俺……最低だ」
「なんで彼方が謝るの!?　なんでっ」
「……こんな頼りない俺で……本当に、ごめん」
　だから、なんで、なんでこんな。
　私は別に、彼方にこんな顔をしてほしかったわけじゃな

いのに……。
「さあ、無駄話はそこまでにしてもらおう。だいぶ遅い時間になってしまった。今日のところはもう帰るとしようじゃないか」
　鬼龍院くんの言葉で、外がだいぶ暗くなっていることに気づく。
　早く帰らないと、お母さん心配してるよね。
「外に車を手配している。近衛くん、一色くん、よかったら送っていこう……いや送らせてくれ。暗い道を歩くのは危険だからね」
　こうしてその日、私と彼方は鬼龍院くんの車で送られ、家へと帰ったのだった。

　次の日、いつもどおり彼方は私を起こしに来てくれた。
　だがいつもより明らかに、彼方には元気がなくて……。
「えっと、もう明日は文化祭だね！　楽しみだなぁ！」
「……そうだね」
　いろいろと話題を振ってみるも私が彼方を笑顔にすることはできなくて、まるで昔に戻ったみたいだ。
　誰とも話したくないと言って、みんなを突き放した頃の彼方。
　じゃあまた、私が彼方のそばにいてあげればいい。
　それできっと元どおりになるはずだ。
　でも、彼方が私と一緒にいたくないと言ったら？
　彼方がもし他の人を選んでしまったら？

たとえばその、セレナちゃん……とか。
　結局、セレナちゃんと２人きりで何を話していたかも聞けていないままだし……。
「……大丈夫」
　不安で揺れ動く心を無理やり押さえつけるように。
「大丈夫、だから」
　誰にも聞こえないように、私はそう、自分に言い聞かせた。

「そんな嘘の笑顔、しちゃダメだよ」

「テーブルと椅子の配置はこんなところだな。次はテーブルクロスとその他飾りつけだ。飾りつけのほうは前に話し合ったとおりに——」

　真ん中でテキパキとみんなに指示を出しているのは鬼龍院くんだ。

　文化祭実行委員としての仕事はほとんど終わり、今日は生徒会のほうも一段落した鬼龍院くんも来てくれて、みんなと一緒に最後の準備を進めていく。
「さすがに今日は、忙しいわよね。そうよね」
「あ、セレナちゃん！」

　気づくと、セレナちゃんが喫茶店の準備をしている教室の中を覗き込んでいた。

　私が声をかけると、ちょっとだけ気まずそうな顔をする。
「ご、ごめんなさい、柚月さん。わたし、別に準備の邪魔をしにきたわけじゃないのよ？　その……何か柚月さんを手伝えることとかないかしら……なんて」
「あれ、でもセレナちゃんのクラスの準備は？」
「わたしのクラスは大丈夫よ。キャンドルとアクセサリーの製作体験を教室で行うのだけど、そこまで大がかりな準備はないの。もう全部終わったわ」
「キャンドルとアクセサリー！　うわぁ、私も行ってみたいなぁ！」

「あ、あらそう？　まあ時間があれば来てもらっても……別に……その……」
「うん！　こっちの仕事が終わり次第すぐ行くね！」
「……ま、まあ来ると言うなら、待っててあげてもいいけど？」
　チラリと私を横目で見ながら、どこか照れたように頬を赤くしているセレナちゃん。
「文化祭、すごく楽しみだね」
「まあ、そうね。楽しみじゃないと言えば嘘になるかもしれないけれど……」
　ふとセレナちゃんは言葉を途切れさせ、そのままじっと私の顔を見つめる。
「どうしたの？　セレナちゃん？」
「柚月さん、もしかしてどこか体調が悪いのかしら？」
「え？」
「あ、気のせいだったら別にいいのよ。なんだかその……無理して笑っているように見えたものだから」
「そ、そんなことないよ！　すっごく元気だよ、私‼」
「……それなら、いいのだけれど」
　……セレナちゃんの顔を見て思い出したのは、彼方とセレナちゃんが2人きりで話していたことだ。
　セレナちゃんはきっと彼方のことが好きで、そのことに動揺してしまっている私がいる。
　それが顔に出ちゃったのかな……セレナちゃんにも、心配かけないようにしないと。

「そこで何をしているんだい、月城くん？」
「うわ、どこにでも出てくるわね、あなた……いい加減にしてほしいわ、まったく」
「いい加減にしてほしいのはこっちのセリフだ。それで君は何をしているんだ？　また邪魔しに来たのか？」

　呆れたように、鬼龍院くんがセレナちゃんを見下ろす。

　その言葉にセレナちゃんはどうやらカチンときたようで、思いきり鬼龍院くんを睨みつけた。

　相変わらずこの２人の迫力はすごいな……。
「わたしのクラスの準備はもう終わったの。だから手伝いに来てあげたのよ、感謝しなさい！　ちなみに先生の許可も取ってありますから！」
「ほお、それはいい。こっちは人手が足りなくて困っていたんだ。とりあえずこれでテーブルをふいて回ってくれ」

　有無を言わさず、鬼龍院くんがセレナちゃんにフキンを渡した。

　ああぁ、セレナちゃんの顔がどんどん恐ろしくなっていく……。
「なんでわたしがあなたの指図を受けないといけないのよ!?　わたしは柚月さんの手伝いに……！」
「今君ができる手伝いがこれだと言っている。これは後で近衛くんがやると言っていた仕事だ。君がやってくれれば近衛くんの負担は激減するだろう」
「……わかったわ。この月城セレナの名にかけて、ここにあるテーブル全て完璧に磨き上げてみせましょう」

「セレナちゃん本当にいいの？　別に私が……」
　そのとき、同じクラスの女の子が「ねぇねぇ近衛さん！」と私に声をかけた。
「お花を飾ろうと思ったんだけど、花瓶(かびん)ってどこにあるか知ってる？　確かこの前、近衛さんが花瓶洗ってたよね？」
「あ、うん。花瓶は教室の後ろに洗って置いてあったんだけど、持ってきてなかったっけ？」
　どうやら持ってきてなかったようだ。
　よし、今すぐ花瓶を取りに教室へ……。
「近衛さん、テーブルクロスが1枚足りないみたいなんだけど」
　今度は男の子が、困った顔をして私に声をかけてきた。
「え!?　じ、じゃあ今から被服室に行ってもらってくるよ！　それで、そのっ」
　セレナちゃんのほうを見ると、セレナちゃんはフキンを掲(かか)げながらフンと鼻を鳴らした。
「こっちはわたしに全て任せてもらってかまわないわ！　柚月さんが驚くくらいピッカピカに磨いてて差しあげるから！」
「セレナちゃん……」
　本当に、私1人じゃ何もできない……ダメな人間だ。
「よし！　じゃあ花瓶とテーブルクロスは私が取ってくるから、みんなは他の準備の続きをしてて！」
　私が持ってくるのを忘れてたんだから、ここは私が取りに行くべきだ。

そう思ったのだけれど……。
「でも近衛さん１人じゃ大変だよ。花瓶は教室なんだよね。それは私が持ってくるから！」
「そうだよ、近衛さんずっと忙しそうだったし、無理はしないで。被服室だっけ？　そっちは俺が……いや、花瓶のほうが重たいだろうし、俺がそっちに行くわ」
「あら気がきくじゃない！　じゃあ私がテーブルクロスを持ってくるね」
「え……だ、大丈夫だよ！　私が」
「いいからいいから！　近衛さんにはこれまでたくさん働いてもらったし、俺たちにも頑張らせてよ！」
　その２人が行ってしまうのを見送りながら、私は呆然とその場に立ち尽くす。
「近衛くん、ときには周りのみんなにも甘えてもいいと僕は思う。まあ、僕ならいつでも全力で甘えてくれてかまわないがね！」
「……鬼龍院くん、ありがとう」
　だけどそれじゃあダメだ。
　頑張って頑張って役に立つことを証明しないと、呆れられて、足手まといだと言われ、また昔みたいに１人ぼっちになってしまう。
　それはすごく嫌だから。だから私は……。
「あれ、そういえば彼方は？」
　気づくと彼方の姿は見えなくて、私は彼方の姿を見失ってしまうほど、今まで作業に熱中していたのかとビックリ

する。
　頑張ることしか考えてなくて、それで彼方から離れてしまってはなんの意味もない！
　ああどうしよう、やっぱり私が頼りないから……もしこのまま、彼方にも見捨てられてしまったら……。
「……どんなときも、君が探すのは一色くんなんだね」
「え？　鬼龍院くん何か言った？」
「いや……。一色くんなら、紙皿と紙コップを取りに用務室に行くと言っていたよ」
「用務室だね！　私、ちょっと行ってくる！」
　迷うことなく、私は彼方を探しに用務室へと向かったのだった。

「──っ、彼方！」
　用務室のドアは開いていて、中に入ると彼方が驚いた様子で私を見た。
　その両手には、『紙皿と紙コップ』と書かれた大きな段ボールと、『割り箸』とマジックで書かれた紙袋が2つほど。
　今からこれを運ぶ気なのだろう。
　1人で。
「そんなの1人で無理に決まってるじゃない！　私も手伝うから貸して！」
「柚月、なんで……」
「鬼龍院くんに聞いて来たの。もう、私に言ってくれれば運んだのに！」

「柚月にはこれまでたくさんやってもらったし……これくらい俺がするから」
「でもっ」
「いいから。1人でする、から」
　1人で荷物を持ったまま用務室を出る。
　そのまま器用に鍵まで閉めて、彼方はゆっくりと歩き出した。
「彼方、待って！」
「柚月は先に戻ってて」
「そんなことできないよ！」
「……どうして」
　突然、彼方が立ち止まる。
「いっ」と小さくうめき声をあげて、段ボールと紙袋をその場に置いた。
　その彼方の指先は真っ赤になっていて……。
「彼方、大丈夫？」
「……ごめん。俺、情けない」
「そんなことないよ。彼方はすごいし、頭もよくてカッコいいし、情けなくなんてない」
「情けないよっ」
　顔を伏せ、ぽつりぽつりと彼方は独り言のように呟く。
「柚月にちゃんと、好きになってもらおうって……頼ってもらおうって思ったのに」
　彼方の身体が、少しだけ震えている。
「柚月のために何かしたくて、柚月の負担を減らしたくて、

でも……柚月に心配かけるばっかりで……」
「あのね、彼方。私も同じこと考えてたよ。彼方の負担を少しでも減らしたくて、彼方のために、何かできることはないかなって」
「柚月、も?」
「うん。私たち、お互いのことを心配して空回ってたなんて……ちょっとおかしいね」

　彼方のために頑張った。
　彼方のために今ここにいる。
　彼方のために。
　彼方、の……
　──違う。彼方のためだなんて、全部嘘だ。

「……っぁ」
「柚月? どうしたの柚月?」
「彼方、ごめ……私、違う。違うの。彼方は私とは違う。ごめんなさい。ごめん、なさいっ」

　彼方の真っ直ぐな気持ちが辛い。
　彼方の嘘のない気持ちが苦しい。

「柚月? 柚月、落ち着いて」
「ごめんなさっ……彼方、ごめんなさいっ」
「柚月……」

　優しく、私を落ち着かせるように背中を撫でてくれる。
　彼方の前でこんなにも取り乱してまうなんて、なんて情けないのだろう。
　この前なんて泣いちゃったし……また、彼方に心配をか

けてしまう。
　心配をかける前に言わなきゃ。大丈夫だと言わなきゃ。
「本当にごめんね、彼方。あの、もう大丈夫……」
　何が大丈夫なの？
　だって今も苦しいでしょう？
　このまま彼方の優しさを利用して、彼方の気持ちを利用して、隣に居座ることが許されると思っているの？
　本当の気持ちを言わずに、このままずるずると彼方と曖昧(あいまい)な関係を続けるつもり？
　でも、私の居場所はそこしかなかった。彼方の隣しかなかった。
　今さらそれを手放せだなんて、そんなこと……！
「柚月？　柚月？」
「っ!?」
　ハッと我に返る。
　ああそうだ。彼方に心配をかけないように、ちゃんと大丈夫って言わなきゃ。
　言わなきゃ、いけないのに。
「……っ」
　もう大丈夫だと言えなくなっていた。
　もう全て手遅れだったのだ。
「かな、た……あのっ」
　うろたえる私を、彼方は深刻そうな顔でじっと見つめてくる。
　ダメだ、ごまかさないと。

「それなら月城くん、君は毎日送り迎えは車のはずだが?」
「今日は来ないように連絡済みよ。……ってそれよりも、あなたはどうするのかしら?」

　チラリと、セレナちゃんは彼方に視線を向けた。
「……柚月、話したいことがあるから、ちょっと残ってもらってもいい?」
「え? うん、私は別にかまわないけど……」
「鬼龍院と月城さんは……ごめん。ちょっと長くなるかもしれないから、先に帰ってて」

　彼方の言葉を聞いたセレナちゃんは、一瞬きょとんとした後すぐに「嫌よ!」と言葉を発した。
「そういうことならわたしも残るわ! 2人きりになんてさせてなるものですか!」
「差し支えなければ僕もその"話"とやらを聞きたいんだが、問題ないかい?」
「……わかった」

　とりあえず教室から人がいなくなるのを待とうということになり、私と彼方、鬼龍院くんも自分の席に座り、そのときをじっと待つ。

　セレナちゃんは私の前の席に座り、腕と足を組んで黙り込んでいる。
「……さあ、もう教室にいるのは僕たちだけだ。僕ら2人のことは気にせず、話を始めるといい」

　鬼龍院くんが彼方に声をかける。

　それにしても、あらたまって話がしたいなんていったい

どうしたんだろう？
　うーん、明日は文化祭なんだし、やっぱりまた今度にしてもらったほうがよかったかなぁ。
「……柚月」
「ん、なに？」
　ふと、名前を呼ばれたので、とりあえず返事をする。
　彼方はそのまま少し顔を伏せ黙り込んでしまうが、意を決したようにその顔を上げた。
「もう、無理して笑わないでよ、柚月」
　彼方の声は、震えていた。
「……どうしたの急に。私、無理なんてしてないよ？」
　にこりと笑顔を作る。
「お願いだから、嘘をつかないで」
「嘘なんかじゃ……もう、本当にどうしちゃったの？　そんな話なら、また今度にしよう？　明日は文化祭なんだし、今日は帰ってゆっくり休んでおかないと！　ね！」
　席から立ち、もう帰ろうとカバンを持とうとした手を、隣にいる彼方からつかまれる。
　まるで、絶対に逃がさないとでも言うように。
「かな、た？」
「ちょっと一色彼方！　柚月さんの手を放しなさい！」
「待つんだ、月城くん」
　ガタンと音を立てながら立ち上がり、無理に私と彼方の間に入ってこようとするセレナちゃんを、鬼龍院くんが押し止める。

「どきなさい、鬼龍院司!!」
「君こそおとなしくしているんだ」
「わたしに指図しないでくれる!?」
「いいから。……静かに、しているんだ」
　低くうなるような鬼龍院くんの声に、一瞬だけセレナちゃんがひるむ。
　そしてそのままセレナちゃんは口を閉じ、心配そうな表情で私と彼方を見つめた。
「ねぇ柚月、勘違いだったら本当にごめん」
　ゆっくりと立ち上がり、彼方は私の前に立ちはだかる。
「柚月、もう大丈夫じゃないんでしょう?」
　……ああ、バレちゃってたのか。
「い、いきなり何を言い出すかと思ったら……どうだっていいよ、そんなこと」
「否定はしないんだね、柚月」
「……彼方、そんなことはいいからさ……早く、帰ろう?」
「そんなことじゃないよ」
　やめてよ、彼方。お願いだから。
「ごめん、柚月……本当にごめん。柚月が大丈夫って言えなくなるまで、俺は柚月に何もしてあげられなかった」
「別に私は、彼方に何かしてほしいなんて思ったことは一度も……」
「たとえ柚月が望んでなかったとしても、柚月のそばで、柚月のこの手を握っててあげることくらいはできた。……でも、俺はそれをしなかった」

後悔の入り交じる表情。
　私の手を握る彼方の手が震えていた。
「柚月が大丈夫だって言うたびに、本当は大丈夫じゃないってこと気づいてたのに」
「彼方、落ち着いて。ねぇ」
「心のどこかで、本当に悩み事があるなら、きっと柚月は俺のことを頼ってくれるはずだって思ってた。でも柚月はそれをしなかった」
　だって、彼方に迷惑はかけられないと思ったから。
「俺は大切な人にもまったく頼ってもらえない、そんなヤツなんだって思って1人で落ち込んで……」
「彼方ってば、もうやめてよ」
「そんな俺が口を出したところで、柚月を救えるか自信がなくて」
　彼方にこの本心を知られることだけは避けなければと思った。
「柚月の心に踏み込んで、もしこのまま柚月が俺のことを見てくれなかったら……柚月に俺のことを、頼りない俺のことをもう必要ないって言われたらどうしようって怖かった!!」
　本心を知られてしまえば、きっと彼方は私のことを嫌いになると思った。
「でもっ」
　顔を上げて、彼方は真っ直ぐに私を見つめる。
「俺はもう一度、柚月に笑ってほしいから」

「私なら笑えるよ、ちゃんと！　ほら！」
「そんな嘘の笑顔、しちゃダメだよ」
「……っ、ぁ」
「柚月」
　そんな優しい表情で私のことを見ないでよ。
「柚月がちゃんと心から大丈夫って言えるように……本当に、俺にできることってないかな？」
「そんなのないよ……ない、から」
「試しに何か頼ってみてよ。もしかしたら少しでも、俺にできることがあるかもしれないし」
「彼方、もういいから」
「それでもやっぱり、俺はどうしようもない頼れないヤツだって思われても、それでもかまわないから」
「だからいいってば。彼方は何もしなくていいから……だからもう何も言わないで、お願いだからっ」
「柚月が俺のために一緒にいてくれたように、俺も柚月が辛いならそばにいたいし、力になりたいから」
「なんで、なんで彼方はそんなに優しいの!?　なんで彼方は、私のために……なんでっ」
　そんな簡単な質問を今さらしないでよ、とでも言うように、彼方は迷いなく答えたのだ。
「だって、柚月のことが大好きだから」
　──心が、壊れる音がした。
「彼方……私、は」
　彼方の真っ直ぐな気持ちに、優しさにこらえられなく

なったのだろう。
　いろんな感情が一気に溢れ出してくる。
「……違う、違う」
「柚月？」
　そして気づけば、私は……。
「私は彼方のために、彼方のそばにいたわけじゃない!!」
　心の底から、そう叫んでいたのだった。

「柚月の全部が大好きだよ」

『――みんな、僕のことすごいって言うんだ』

ノイズが走るように流れる風景。

これは、私と彼方が小学生の頃の思い出だ。

『すごいね、一色くんは本当に……すごいねって』

彼方はいろいろと器用だったんだと思う。

頭もよくて運動もできて、おまけにカッコよくて……女の子からは、昔から密(ひそ)かに人気があった気がする。

そんな彼方とは家が隣同士ってこともあったけど、登下校は必ず一緒だったし、親同士も仲がよくて、よくお互いの家で遊んだのも今ではいい思い出だ。

そうして、気づけば私は彼方の１番近くにいた。

だからだろうか。

いつからか私は人気者の彼方と自分を比べ、周りから褒められる彼方のことがうらやましくなっていた。

『成績がいいからってそれがどうしたの？　どうしてみんな僕のこと、そういう目でしか見てくれないの？』

認めてくれる人がいるだけいいじゃないかと思った。

平凡(へいぼん)な私なんて、誰も見てはくれないのだから。

彼方とは違って、頭もそこまでよくなくて運動もそこまで得意ってわけじゃない私のことなんて……誰も、気にもとめてくれないのだから。

みんなみんな、見ているのは私の幼なじみの彼方ばかり。

私の隣にいる彼方ばかり。
　だがある日、彼方は全てを諦めて１人になった。彼方のことを気にとめる人はいなくなった。
　嬉しかった。すごく嬉しかった。
　だって彼方にはもう、私しかいないのだから。
『柚月だって、きっと僕のことなんてもう必要ないんでしょ？　どっか行っちゃうんでしょ？』
『そんなことない！　私は彼方と一緒にいる！』
『嘘だ、そんなの』
『嘘じゃない！』
　彼方の手を迷わず握った。
　今、彼方には私しかいない。私がこの手を握らなければ、彼方は１人になってしまう。
『どんな彼方だろうが、私は彼方と一緒にいる！　絶対にどこにも行かないから！』
　私は、彼方の幼なじみという立場を利用して、彼方の隣に自分の居場所を作り上げた。
　彼方には私が必要なんだ。私がいないとダメなんだ、自分にそう思い込ませ、彼方の隣に居座った。
　もう１人は嫌だった。寂しかった。誰かにそばにいてほしかった。誰かに私を見ていてほしかった。
『……ねぇ彼方。ずっと一緒にいてあげるから、彼方も、私とずっと一緒にいてね』
　そうして私は、彼方に依存していったのだった。

「──私は彼方のために、彼方のそばにいたわけじゃない‼」

私の叫び声が、教室中に響き渡る。

後ろで、鬼龍院くんとセレナちゃんの息を呑む音が聞こえた気がした。

「私は私のために彼方のそばにいたの！　私が彼方のそばにいれば、彼方だって私のそばから離れないでくれると思った。だからずっと一緒にいた！　私自身のために‼」

私は一度大きく深呼吸をして、真っ直ぐ彼方と向き合った。

もう、彼方から目をそらす必要がなくなったからだ。

「私には彼方と違って何もなかった。そんな私を誰も見てくれなかったし、気にもとめてくれなかった。私はなんでここにいるんだろうって……ずっと、考えてた」

彼方という、私とは真逆の存在が近くにいたからこそ、そんな私の考えはどんどん膨らんでいった気がする。

「誰かに私を認めてもらいたかった。ここにいてもいいよって、誰かに言ってもらいたかった。私は無能で役立たずでなんにもなかったから‼」

「そんなことない、柚月は──」

「彼方に私の何がわかるっていうの⁉」

繋がれたままだった彼方の手を、無理やり振りほどく。

「私の気持ちなんて彼方にわかるわけない！　ずっとみんなに必要とされて褒められて頼られて……彼方は私とは、全然違う、からっ……」

思いが溢れる。

自然と涙も溢れていた。
「私には何もなかった……彼方とは違って、私には何もなかった」
　私を見てほしかった。
　欲を言えば、私だけを見てほしかった。
「……そういえば鬼龍院くん、前に私に言ったよね？」
　ゆっくりと、鬼龍院くんのほうに目をやる。
「もし本当に君が違うと思うなら、この手を振りほどけばいいって、私に言ったよね？」
　鬼龍院くんは黙り込んだまま、私を真っ直ぐ見つめている。
「振りほどいてどうなるの？　そんなことをして、その人が私を嫌ったら？　その人が私から離れてしまったら？　その人が私を頼ってくれなくなったら？　せっかく得た信頼が全て崩れてしまったら？」
　自分の肩を抱く。
　震えが止まらない。
「嫌な人だって思われたくなかった。いい人だと思われたかった。彼方だけじゃなくて、みんなからもそう思われたかった。……それって、普通のことでしょう？」
　嫌われる。見捨てられる。見放される。１人になる。
　そうなってしまうのが怖い。
　ただただ、怖くてたまらないんだ。
「もう、誰かを拒む行為なんて私の頭にはなかった。忘れていた。わからなくなっていた」

必死に、必死に、この手を振り払われないように頑張ってきた。
「私が彼方を拒むことだってありえない。だって、私の隣にずっといてくれたから」
　ゆっくりと、彼方に向き直る。
「最初は、彼方が全部を諦めて1人になったときにこれはチャンスなんじゃないかって思った。1人ぼっちの彼方の隣に、私だけの居場所を作ろうって考えた」
　だから彼方のそばにいた。
　そばにいると約束した。
「彼方には私がいないとダメなんだからって……彼方にも、周りにも思い込ませようって思った」
　必死に彼方の世話を焼いた。
　あんまりくっついていても周りから変に思われたらいけないので、何かあるたびに私は『だって私は彼方の幼なじみだから』と、幼なじみという関係を周りに浸透させていった。
　幼なじみという立場は、いろいろと好都合だったのだ。
「それがうまくいって、気づけば周りからは『一色くんには近衛さんがついていなきゃね』って言われるくらいにまでなって」
　本当に、本当に嬉しかった。
　私がここにいる意味ができたみたいで嬉しかった。
「ねぇ、もうわかったでしょ？　私が彼方のそばにいたのは、全部自分のためだったってことが」

私は、彼方を救おうとしたわけではない。
「全部、全部、彼方と一緒にいたのも自分の居場所がなくならないために、ただそれだけの理由だった」
　私は、誰かを救えるほど強い人間ではない。
「柚月……っ」
「自分勝手で最低で、私なんて彼方の隣にいるべきじゃなかった。でも、それでも、誰にも見てもらえないのはすごく寂しいから……だから彼方から離れられなかった！」
　ただの私のわがままで、私は彼方の隣に居続けた。
　本当にどこまでも、どうしようもない弱い人間なのだ。
「彼方が好きになった私は……全部、偽物(にせもの)だから。本当の私は自分のことしか頭になくて、弱虫で臆病(おくびょう)でっ」
　こんな私は……。
「こんな私は、彼方に好きになってもらう資格なんてない!!」
　ああ、きっと嫌われた。
　こんな最低な私、きっと嫌われた。
　……嫌だな。すごく、嫌だな。
「そんなことない」
　強く透き通った声が、真っ直ぐ私に投げかけられた。
「好きになってもらう資格がないとか、そんなことないよ、柚月」
「彼方は優しいね。私は自分のために彼方のそばにいるだけなのに、彼方はこんなにも私のことを思ってくれて。でも、それが辛かった」
　涙がボロボロこぼれて、視界がぼやけて、彼方が今どん

な表情をしているのかまったくわからない。
「彼方の優しさに押しつぶされそうで、好きだって言われるたびに、違う、本当の私は最低なヤツなんだよって……言いたかった」
　制服のスカートがしわになることも気にせず、ぎゅっと握る。
「今さらこんなこと言われても困るよね。でもこれが本当の私だからっ」
　少し顔を伏せると、大粒の涙が床に落ちた。
　同時に私は、彼方に優しく抱きしめられた。
「っ!?　彼方!?」
「俺のほうこそごめん。今まで柚月の気持ちに気づいてあげられなくて、ごめん」
　優しく背中に手を回されて、抱きすくめるようなかたちで彼方とくっつく。
　温かくて心地よくて、ずっとここにいたいと思ってしまう。
　だけど、そんな願いはもう叶わない。
「放して」
「嫌だ」
「放してよ！　だって彼方、私のこと嫌いになったでしょ!?　なんでこんなことっ」
　彼方が好きになった私は、ほとんど嘘で作られたようなものだった。
　こんな自分勝手なヤツ、嫌いになって当然……！

「嫌いになんてなってない」
　……なんで。
「嫌いになんて、なるわけないよ」
　なんで。なんで。なんで。
「たとえ柚月が自分のために俺のそばにいてくれたとしても、俺が柚月を好きになった理由は、それだけじゃないから」
「彼方は優しすぎるんだよ。だからそんなこと言うんでしょ？　本当は私のことなんて、もう」
「本当に優しいのは柚月のほうだよ。困ってる人がいたらすぐに駆けつけて助けてあげるような、そんな柚月が１番優しいに決まってる」
　私が、優しい？
「俺だとしてもそうじゃないにしても、困ってる人がいたら一目散に駆けつけて、一緒に頑張ろうって……そういうことが何度もあった」
「だからそれは、他の人にも、その、いいように見られたかっただけで」
　なんでそんなに、愛おしそうに、私のことを見つめるの？
「柚月、そんなふうに考えて行動するタイプじゃないでしょ？　まず身体が動いちゃって、気づいたら巻き込まれてるでしょ、いつも」
　……確かに、考えるよりまずは行動することもあるけど。
「私は、少しでも認めてもらえるように、頼られるようにって、自分のために！」

「わたしのハンカチを拾ってくれたことが、どうして柚月さんのためになるの?」
「えっ」
　彼方から身体を少し離し、声がしたほうに顔を向ける。
　そこには今まで黙っていたセレナちゃんが、腕を組み堂々とした様子で私を真っ直ぐに見つめていた。
「わたしのハンカチを拾ってくれたことは柚月さんの優しさからだと、わたしは今でもそう思っているわ」
「そんなこと!」
「あの頃のわたしは、クラスのみんなからあからさまに遠ざけられていた。だからわたしと仲よくしたところで、居場所どころか柚月さんも浮いてしまう可能性だってあったはず。女子ってそういうところがあるでしょう?」
「私……」
「僕に"1番以外にも大切なことはたくさんある"……そう教えてくれたときの君も、本当に自分のために行動していたのかい?」
　セレナちゃんの隣にいる鬼龍院くんも、これまた堂々とした様子で私を見つめた。
「僕にはどう考えても近衛くんの利益になるとは思えないんだが?　むしろ僕の考えを否定して、嫌われるリスクだってあったはずだ」
　鬼龍院くんたちの言葉に「それは、そうかもしれない、けど……」と言ったところで私の口が閉じてしまう。
　言葉が出てこない。

でも私は、そんな……。
「ほら、柚月はやっぱり考えるより先に行動してる」
　にこりと、彼方は優しい笑顔で私のことを見つめる。
「そろそろ自分で自分のこと認めてあげてよ、柚月」
「……自分で、自分のことを？」
　そんなこと考えたこともなかった。
　ずっと他人の目だけを気にして、他人からの評価だけを気にして、自分で自分のことなんて……。
「俺はね、柚月のことが全部好き」
「ぜん、ぶって」
「柚月が本当に自分勝手だったとしても、そんなことはどうでもいい」
「ど、どうでもよくないよ！」
「でも、月城さんのハンカチを拾った柚月も、鬼龍院に頑張って伝えようとした柚月も、俺と一緒にいてくれて俺のことをいつも励ましてくれた柚月も、嘘じゃないでしょ？」
　そのまま彼方は「おいで」と言ってまた私を抱きしめる。
　さっきよりも少しだけ強く、私を抱きしめる。
「柚月の全部が大好きだよ」
「──っ……」
　全部なんて、そんな。
「……彼方は、優しすぎだよっ」
「そんなことない。柚月だからだよ」
　私だからだなんてそんなこと言われたら、その言葉に甘えたくなっちゃうよ……。

「あ、あの、私っ」
　混乱してうまく頭が回らない。
「柚月」
　優しく頬を撫でられる。
「大好き」
　その瞬間、ぶわりといろんな感情が込み上げてきた。
　何がなんだかわからなくて、なんとか気持ちを落ち着かせようとしてみるも、どれもうまくはいかなくて……。
「っ……っぅ、ひぅ、かな、たっ」
　今まで以上に、ボロボロと大粒の涙が溢れ出した。
「彼方、彼方ぁぁ、うっ」
「大丈夫。ちゃんとここにいるよ」
「うぁ、うぅっ、ひぅっ、っうぁああ」
　私は初めて彼方の目の前で、大声をあげて泣きじゃくったのだった。

「……ん、あり、がとう。ちょっと落ち着いた」
　ずびっと鼻を鳴らしながら、私は彼方から身体を離す。
　私が泣きやんだ頃には、もう夕日が沈もうとしている時間になっていた。
「本当に？　大丈夫じゃないときは、無理せずそう言ってね？」
「……うんっ」
「結局、最後の最後に近衛くんの本心を聞き出せたのは一色くんだったわけか」

鬼龍院くんが、まるで独り言のように呟く。
「だがまあ、これでやっと近衛くんの辛そうな顔を見ずにすみそうだな！」
「鬼龍院くん……あの、いろいろと、心配かけて、ごめんなさい」
「……鬼龍院、いろいろとその……ありがとう。鬼龍院のおかげで、1歩踏み出せた気がする」
「謝らなくてもいいし礼もいらない。僕は僕が思ったことをそのまま言っただけだからな。さ、近衛くんも疲れているだろうし、おまけに明日は文化祭だ」
　鬼龍院くんは私に視線を移す。
「それに、まだ多少は混乱したままだろう？　まずは一刻も早く心の休息を取るべきだ」と、まだ私の心配をしてくれる鬼龍院くんに頭が上がらない。
「あと、一緒に帰るつもりだったが……うん、今日は1人で帰ることにするよ。まだそう暗くもなってないし大丈夫だろう。だいたい、僕の家は君たちとは反対方向だからね」
　鬼龍院くんがセレナちゃんのほうに視線を向け、「で、月城くんはいったいどうするんだい？」と言う。
　名前を呼ばれたセレナちゃんの身体が、ビクリと大きく震えた。
「い、言われなくても帰るわよ。……まあ、柚月さんの顔色がちょっとよくなったのは本当に嬉しく思うの。嬉しいのだけれど」
　少し考える様子を見せた後に、セレナちゃんの顔がどこ

かばつの悪そうな表情に変わってしまう。
「……目の前であんな告白をされて、抱きしめ合う２人を見せられて、わたしはいったいどうすれば……」
　悔しそうに拳を握る。
　そうだ、セレナちゃんは彼方のことが好きで、それで私と彼方を引き離そうとしてて、でも今彼方は、はっきりと私のことを好きだって言って……。
「セ、セレナちゃっ」
「ごめんなさい。わたしちょっと１人で考えたいことがあるの。だから今日のところはこれで失礼するわ」
　そこにいつもの元気はなく、トボトボとした足取りで鬼龍院くんとともに教室を出ていったのだった。
「俺たちも、帰ろうか」
「……うん」
　今はまだどうすることもできなくて、どこかまだモヤモヤした気持ちを引きずったまま彼方と一緒に家へと帰る。
　鬼龍院くんのこと、セレナちゃんのこと……そして彼方のこと。
　考えなきゃいけないことはたくさんあって、でもまだちょっと混乱したままの私の頭はどうにもうまく働いてくれなくて……。
　気づけばもう、家の前についていたのだった。
「あの、か、彼方！」
「ん？　なに？」
「その……えっと」

ダメだ。やっぱりまだうまく考えがまとまらない。
　そんな私に気づいたのか、彼方は私を落ち着かせるように頭を撫でてくれた。
「鬼龍院の言うとおり、今日はすごく疲れただろうから、ちゃんと食べてちゃんと寝て、また元気な柚月を見せてね」
　その言葉に「うん」と頷くと、彼方は私の頭から手を離す。
「じゃあね、柚月。また明日」
「……うん、またね」
　彼方に背を向け、私は自分の家の玄関に向かって歩みを進めた。
　……彼方の言うとおり、今日はごはんを食べたら早く寝よう。
「明日は文化祭本番なんだし、しっかり休んでおかないとな……」
　鍵を出すためにカバンの中を探りながら、ふと玄関の電気がついていないことに気づく。
　そうだ、今日はお母さん仕事で遅くなるって朝言ってたような……すっかり忘れてた。
　お父さんも出張でいないし……家に1人、か。
　ちょっと寂しいけど、こればっかりは仕方ない。
「……あれ？」
「柚月、どうかした？」
　まだ家の中に入っていなかった彼方が、私がいつまでもカバンをあさっているところを不思議そうに見つめてい

る。
　あれ、えーっと……。
「……柚月？」
「え、嘘」
　サーッと血の気が引いていく。
　肩からカバンを下ろし、必死に中を覗き込んだ。
　いつも入れてるところに……ない。
　カバンの底に入り込んでる、とか……？
「……ない」
「柚月、大丈夫？　どうかした？」
　心配そうに、彼方が駆け寄ってくる。
　ギギ……とぎこちなく顔を彼方のほうに向け、ひと言。
「鍵、家の中に忘れちゃったみたい」
　乾いた私の笑い声が夜空に響き、そっと静かに、消えていった。

「おやすみ、柚月」

「柚月ちゃん、今晩はカレーなんだけど、確かカレー好きだったわよね？」
「はい！ カレー大好きです！」
「いやぁ、こうして見ると本当に柚月ちゃん大きくなったなぁ！」
　なんて言いながら、彼方のお父さんがビールをグイッと飲んでいる。
　そして今私の目の前にあるのは、とても美味しそうなカレーだ。お腹がすいているからか、この匂いが本当にたまらない。
「おかわりもあるから、たくさん食べてね」
「本当にありがとうございます。じゃあ、いただきます」
　私が手を合わせると、続いて隣に座っている彼方も「いただきます」と言って、私たちは2人でカレーを食べ始めた。
　……さて、鍵を家の中に忘れてしまった私。
　お母さんは仕事でかなり遅くなると言っていたし、お父さんは出張中。
　そのことを彼方に説明すると「とりあえず、うちにおいでよ」と誘われ、今はこうして彼方の家で晩ごはんをいただいているというわけだ。

「柚月のお母さんはいつ頃戻るの？」
　晩ごはんもすませ、居間のソファーに座って彼方と一緒にテレビを見る。
　なんだか落ち着かなくて、テレビの内容があんまり頭に入ってこない。
　そんな私たちのすぐ横のダイニングキッチンでは、彼方のお母さんが洗い物を、お父さんはまだビールを飲んでいた。
「えっと、お母さんに電話したら繋がったんだけど、やっぱりいつ帰れるかはわからないって。彼方の家にいるってことだけは伝えてあるんだけど……」
「……いっそ、うちに泊まっていけばいいのに」
「へ!?」
「まあ、着替えとかないし無理か……残念」
「もっと柚月と一緒にいたいな」と耳元で囁かれたその言葉に、ドキリと心臓が跳ねる。
「……私、も」
　彼方にだけ聞こえるように、そっと、自分の気持ちを彼方に伝える。
「私、も……彼方と一緒に、いたい」
「……柚月」
　やっと彼方に本当のことが言えたのはいいけれど、やっぱりまだどこか不安が残っていた。
　私の本心を言っても、それでも一緒にいてくれるなんて、夢の中の出来事なのかも……そんなくだらないことも考え

てしまう。
　確かに彼方はここにいる。
　そう感じていたくて、私は今すごく彼方のそばから離れたくはなかったのだ。
　だけどそのとき、彼方の家のチャイムがピンポーンと鳴り響く。
　彼方のお母さんが洗い物をしていた手を止め、近くにあったドアフォンのボタンを押した。
「あら近衛ちゃん、やっと仕事終わったの？」
　ドアフォンの画面を見ながら、そんな言葉をかける彼方のお母さん。
『ああ、一色ちゃん！　いや仕事は……えっと、とりあえず渡したい物があって！　だから、その！　ね！』
　その声は間違いようもなく、私のお母さんのものだった。
　でもそれは、どこか慌てた様子の声で……。
「わかったわ。すぐ玄関に行くから、ちょっと待ってね」
　ドアフォンを切り、彼方のお母さんが「柚月ちゃん、お母さんやっと仕事から帰ってきたみたい」と声をかけてくれる。
　……彼方とは、もうさよならだ。
「あ、はい！　今行きます！　えっとカバンは……」
「柚月」
　名前を呼ばれ彼方のほうを見る。
　すると彼方は私のカバンを持ち、「とりあえず、玄関までついていっていい？　あ、カバンは俺が持つから」と寂

しそうな表情で言った。
「う、うん、じゃあ玄関まで持ってもらおう、かな」
　彼方と２人、玄関へと向かう。
「柚月！　あら、彼方くんもこんばんは！」
「こんばんは」
　私たちに気づいたお母さんが、パッと顔をこちらに向けた。
　そんなお母さんに、彼方は軽く頭を下げる。
「柚月、こんなに遅くなっちゃって本当にごめんねー！　でもじつはお母さん、まだ仕事が終わってなくて……」
「え、まだ終わってないの!?」
　てっきり仕事ももう終わって、私を迎えに来てくれたのだとばかり……。
「事情を話してちょっとだけ抜けてきたんだけど、すぐ戻らなきゃいけないのよー！　しかもこのままだと、朝までかかっちゃいそうで……うぅぅっ」
　情けない声を出し、その場にうなだれるお母さん。
　最近、仕事がとくに忙しいとは聞いていたけれど、朝までかかるのは初めてのことだ。
「そっか。じゃあ私は留守番してるから、とりあえず家の鍵を開けてくれれば――」
「なに言ってるの！　朝まで１人で留守番なんて、心配に決まってるじゃない！　……ということでね、一色ちゃん」
　パッと、お母さんは彼方のお母さんのほうに顔を向けた。
「悪いんだけど、柚月を朝まで預かってくれない？」

「ええ、それはもちろんいいわよ。むしろ柚月ちゃんなら大歓迎！」
「え、えぇえ!?」
　朝まで預かって……そ、それって、つまり……！
「一色ちゃんならそう言ってくれると信じてたわー！　さすが、持つべき物は親友ね！」
　きゃっきゃとしながら、私のお母さんは彼方のお母さんの手をぶんぶんと上下に振る。
　私たち家族とちょうど同じ時期に一色家もここに引っ越してきて、同い年の子どもを持つ親としてお互いに助け合ってきたらしい。
　だからただのお隣さんではなく、親友という言葉がピッタリなほど、2人は仲がいいのである。
「ということで、柚月、はいこれ！」
　手に持っていた黒いカバンを、私に押しつけるお母さん。
　こ、これは……？
「さっき家に戻って、とりあえず1日分の着替えとかタオルとか入ってるから！　じゃあ私は仕事に戻るわね！　明日の朝には迎えに来るから、それまで迷惑かけないようにね！」
「え、ちょ、お母さん!?」
「一色ちゃんも彼方くんも、また明日ねー！」
　私は先ほど手渡されたカバンを抱えたまま、バタバタと慌ただしく車に戻るお母さんを見送る。
　……えっと、つまり私は今夜、彼方の家に泊めさせても

らうってことだよね?
　彼方の家に……彼方と朝まで1つ屋根の下……。
「——っ!?」
　ぼんっと、自分の顔が熱くなるのがわかる。
　わー!　わー!　なに変なこと考えてるのよ、私!
　家には彼方のお母さんとお父さんもいるんだし、別に彼方と2人きりってわけじゃないんだし!!
「母さん、まだ洗い物の途中だったでしょ?　戸じまりは俺が確認しておくから、先に中入っててていいよ」
　彼方の言葉に、「あらそう?　じゃあ頼んだわね」と言い残して彼方のお母さんは家の中に戻っていく。
　残されたのは、私と彼方の2人だけで……。
「柚月」
「は、はい!?」
　名前を呼ばれただけなのに、ビクリと身体が飛び跳ねる。
　お、落ち着け、私!　いや、やっぱ無理!!
「とりあえず、今日はずっと一緒にいれるみたいで……俺は、嬉しい」
「うっ」
　そりゃあ私だって嬉しい。嬉しいけど、いざひと晩一緒となると、なんだかドキドキが止まらなくて……。
「……えっと、ひ、ひと晩お世話になりますっ」
「うん、よろしくね」
　こうして私は、彼方の家に泊まることになったのだった。

「……まさか、本当に泊まることになるなんて」
　お風呂を貸してもらい、脱衣所でカバンの中につめ込まれていたバスタオルで身体をふく。
　結局、ハプニングが重なって、今日は彼方の家に泊めせてもらうことになった私。
　うぅ、なんだか妙に緊張するな……。昔はよくお泊まりさせてもらったけど、本当に子どもの頃の話だし……。
「さて、せっかくお母さんが持ってきてくれたことだし、パジャマに着替えよう」
　だけど、カバンの中に入っていたそれを手に取って思わず目を見開く。
　こ、これはっ!?
「なんでよりによってこれを持ってくるの、お母さんっ!!」
　1番下にあったため、最初開けたときには気づかなかったそれ。
　猫耳フードつきのモコモコふわっふわな、とてもファンシーなパジャマだ。
　可愛いな〜と思って買ったはいいけど、さすがにちょっと恥ずかしくて全然着てなかった猫耳パジャマ……！
　ハッ、そうか、逆にあんまり着てなかったから新品同然。
　よれたパジャマより、人の家に泊まるんだし綺麗なほうがいいよねとか思ってこれにしたな、お母さん!?
　でももっと普通のあったでしょ!?
「……でも、これを着るしか……ない、よね」
　カバンの中に入っているのはこれ1着。

選択肢が他になかったため、私は仕方なく袖を通したのだった。

「あ、あの、お風呂ありがとうございました」
　お風呂から上がり、居間でテレビを見ていた彼方のお母さんとお父さんにお礼を言う。
　そしてそんな私を見て、2人はキラキラとその瞳を輝かせた。
「あら、あらあらあら柚月ちゃん！　可愛いパジャマね！」
「ああ、柚月ちゃん、随分と似合っているじゃないか！」
「アハハ……ソ、ソウデス、カネ？」
　恥ずかしいっ!!
「柚月、お風呂上がった？　こっち布団の用意しといた、か……ら……」
　ひょっこりと居間に顔を出した彼方が、私の姿を見た瞬間に硬直する。
　あ、あわ、あわわわわ……。
「そうそう柚月ちゃん。うちの客間って和室なんだけど、寝る場所はそこにお布団で大丈夫かしら？」
「だ、大丈夫です！」
「それならよかったわ！　じゃあ何か必要な物があれば、いつでも言ってくれてかまわなから」
「必要な物かぁ、そうだな、じゃあとりあえずビールを1本……」
「あなたに言ったわけじゃないことぐらいわかるでしょ

う？　いい加減飲み過ぎよ、もう！」
　仕方ないなぁこの人は、という笑顔を見せる彼方のお母さん。
　その光景は、どこか微笑ましく感じられた。
「……えっと、あの、柚月」
　ふいに名前を呼ばれ、ビクリと私の肩が揺れる。
「とりあえず、その、客間に行く？」
「……ハイ、ソウサセテイタダキマス」
　恥ずかしさのあまり顔をうつむかせ、そのまま客間へと案内される私。
　ちなみにその客間はリビングのすぐ横にあり、中に入ると、おしゃれな和の空間が広がっていた。
　真ん中に布団が敷いてあり、私は今日ここで夜を明かすこととなる。
　……その前に、とりあえず、彼方と2人きりになってしまったわけだけれども。
「あの、彼方……これはその、違うの。ちょっと可愛いな～って思って買ってみたんだけど全然着てなくて……それをお母さんが入れてきちゃってっ」
「……そのフードって、猫耳？」
「わふっ!?」
　なぜか彼方は私にそのフードを被せる。
　すると……。
「どうしよう……今すぐ、抱きしめたい」
「ふぇ!?」

両肩に手を置いて、じーっと私のことを見つめる彼方。
「か、彼方？」
「すごく可愛い……本当にどうしようっ」
　フルフルと身体を震わせ、感動したように顔を赤くさせて私を見つめ続ける彼方。
　私もお風呂から上がったばかりだからか、身体と顔が火照って仕方ない。
「か、彼方、もういいでしょ！　恥ずかしいからあんまり見ないでっ」
「柚月、顔真っ赤になってる。もっとよく見せて？」
「やだ！」
　うぅ～っとうなりながらフードで顔を隠す。
「恥ずかしがってる柚月もとっても可愛いよ」
「なっ!?」
　フードの上から、優しく頭を撫でられる。
「柚月、可愛い」
「か、かなっ、お願いだからもうっ」
「お願いだからって、何が？」
「もう、その、そういうこと言わないで。は、恥ずかしいからっ」
　彼方の顔をうまく見ることができない。
　彼方の言動全てが、私の心臓をおかしくしていく。
「……ごめん。柚月が可愛すぎて、つい。もう時間も遅いし、今日はこれくらいで勘弁してあげる」
　そっと、私からその手が離れる。

「でもまだ離れたくないから、もうちょっとだけここにいてもいい?」
　首を傾けて、甘えるように私の顔を覗き込む彼方。
　……そんなの、返事なんて決まってる。
「う、うん。一緒に、いる」
　その夜少しだけ彼方とともに過ごし、家中の電気が消えた頃、彼方も自分の部屋へと戻っていったのだった。

「……ぜんっぜん眠れないし、むしろ目が冴えてる」
　パッチリと開いた目に、綺麗な白い天井が映る。
　彼方が部屋へと戻り、私も寝ようと布団にもぐり込んで、いったいどれほどの時間が経ったのだろうか。
　目をつぶっていたら寝られるかな、なんて思っていたけれど、眠ろうとすると、今日学校であったことをいろいろと思い出してしまい、余計に眠れなくなってしまう。
　彼方のこと。鬼龍院くんのこと。セレナちゃんのこと。
　私は、みんなとどういう関係でいたいんだろう。
　私は彼方と、いったいどういう関係に……。
「……ダメだ。やっぱり眠れない」
　ひとまず布団から上半身だけを起こし、枕元に置いてある、おしゃれな照明の明かりをつける。
　そのとき、コンコンと小さめのノック音がした。
　え……?
「は、はい?」
「あ、柚月、入ってもいい?」

扉の外から聞こえた声はまぎれもなく彼方の声で、「うん」と返事をすると、彼方が扉を開けてひょっこりと顔を出した。
「喉が渇いてキッチンに行こうとしたら、明かりがついてるのが見えて……。えっと、こんな時間にどうかした？ もしかして眠れない？」
「あー、うん……そんな感じ、かな」
「……そっか」
　中に入り、そのまま彼方は布団のそばに腰を下ろす。
　すると四つんばいになり私にじわりと近づいてきて、またフードを被せたのだ。
「うん、やっぱり可愛い」
「っ!? ちょ、わざわざこれをしに来たの!?」
　すぐにフードを外す。
　ああもう、猫耳フードがこんなに恥ずかしいものだったとは……。
「まあ、これもしたかったんだけど……今日のこと、ちゃんと落ち着いて話そうと思って」
　今日のこと。
　その言葉にドキリと胸が鳴った。
「ごめんね、柚月。柚月が何か悩んでることはわかってたのに、俺……」
「な、なんで彼方が頭を下げるの！　謝らなきゃいけないのはむしろ私のほうだよ！」
　彼方を利用して居場所を作っていた私が全て悪いんだ。

それを隠し続けて、今の今までずっと……。
「彼方は私のことをこんなに思ってくれてるのに、私はこんな自分勝手で……」
「そんなことない。柚月は自分勝手でもないし、そう思い込んでるだけ」
「そんなことっ」
「最初はそうだったかもしれない。でも俺が知ってる柚月はとっても思いやりがあって、人のために頑張ることのできる立派な女の子だから」
　よしよしと、私の頭を撫でる。
「……ねぇ柚月。隣、いい？」
「隣？」
「よいしょっ」と声をあげながら、彼方が私の布団に入っ……ふぁっ!?
「ななななな、何してるの!?」
「寒いから、柚月に温めてもらおうかなって」
　にこり、可愛らしい笑顔で私の隣を占領する。
　いや、いやいやいや!?
「あ、あの、彼方っ」
「ほら柚月も。温かくしないと、風邪ひいちゃうから」
「ふへ!?」
　バサリと布団をかけられ、そのまま彼方と一緒に布団に倒れ込んでしまう。
　あわ、あわわわわ……!?
「彼方っ」

「うん……ここに、いるよ」
 目を開けるとすぐ間近に彼方の顔があって、自分の顔が熱くなるのを感じる。
 そんな私を彼方は優しく抱きしめ、スリスリと頬をすり寄せた。
「柚月、モコモコしてて……あったかい」
「う、うぅっ」
 胸がすごくドキドキしてうるさいけど、同時に彼方に抱きしめられているとすごく安心して、どこか落ち着いてる自分がいるのも確かだった。
 彼方も、あったかい……。
「……子どもの頃、さ」
 ぼんやりとした照明の明かりが、彼方の綺麗な顔を映し出す。
 そして彼方は私を抱きしめたまま、ゆっくりと話し始めた。
「いい成績を毎回残すもんだから、みんなは俺のこと最初から頭がよかったみたいな言い方をして……努力しないでもできるヤツはうらやましいなんて、言われることもあって」
 そんなことはない。
 彼方は頭はいいが、決して努力していないということはなかった。
 ただ器用で、他の人よりも物覚えがいいってだけだ。
 同じ勉強をしても私と彼方でかなりの差があったよう

に、決して努力をしていないわけではないが、どうしても彼方だけは他とは違っていた。

　出来が違うというのはこういうことを言うんだろうなと、当時の私は思ったものだ。
「確かに彼方はいろいろと、その、すごかったけど……勉強とかちゃんとしてたよね」
「うん、俺なりに頑張ってたつもりで、その努力をまるでしてないような言い方をされて……当時は、すごく落ち込んだ。努力したこともちゃんと褒められると思ってたから」
　当時の彼方だって、こうしてたくさん傷ついて、落ち込んで、すごく悩んで……そんな彼方の気持ちにつけ込んで、私は……。
「でもそんなとき、柚月が言ってくれたんだよ。彼方はいつも頑張ってる、えらいねって」
「そ、そんなこと言ったっけ？」
「言ったよ。でもその後に、私も頑張ったけど彼方にはかなわない。さすがは彼方、私とはやっぱり違うなぁ、うらやましいなぁ的なことをずっと言ってたけど……」
「……それは」
「今思うと、柚月はこの頃から……その……自分のこと俺と比較して、悩んでたりした？」
「……はい、してました」
　ここまできたらもう正直になろう。うん。
「そっか……ごめん、本当に。当時の俺は、柚月だけは俺の努力を見てくれたってすごく喜んで……その後、結局俺

は何もしたくなくなって、周りの人が離れていってしまうなかで、柚月だけが一緒にいてくれた。気づいたら柚月なしじゃもうダメってなってた」

耳元に彼方の温かな息がかかる。

少しくすぐったくて私は身をよじった。

「それなのに柚月の悩みもわかってあげられなくて、自分のことしか考えられなくなって、自暴自棄みたいになってしまって……本当に自分勝手なのは、俺のほうだから」

「そんなことない！　彼方は私のことをこんなにも心配してくれて、私のために……」

「前は自分のことしか考えてなかったよ。……きっと、何があっても柚月がそばにいてくれるからって甘えてたんだと思う」

その言葉どおり、何があっても私は彼方のそばにいるつもりだった。

だから彼方と約束した。ずっと一緒にいると。

「でもある日、幼なじみとして柚月の隣にいるのはもう無理だと思った。だって幼なじみってだけの関係じゃ、この先もずっと一緒にいることはできないから」

それは私も心のどこかで思っていたことだ。

ずっと彼方に依存しているわけにはいかない……でも、大丈夫、まだ大丈夫って見て見ぬふりをしていた。

「幼なじみって関係を変えたくて、こうして柚月の本当の気持ちも知れて……柚月に好きって伝えて、よかった」

「彼方……っ」

「この気持ちを伝えなかったら、こうして柚月の悩みだって柚月の口から聞けなかったと思うし」
「彼方、でも、私は……！」
　私はまだ、彼方のその気持ちに対し、何も返していない。
「私、えっと……私、は」
「落ち着いて、柚月。俺は大丈夫だから。もっと眠れなくなっちゃうよ」
「でもっ」
「じゃあ１つだけ。柚月は俺と向き合ってくれるって言ってくれて……それもすごく大事なことだし、嬉しかったんだけど……自分自身と、どうか向き合ってみて」と、優しく耳元で囁いた。
「自分、自身？」
「うん。俺も柚月に告白しようか悩んだとき、自分自身と向き合ってそれで決心がついたから」
「そう、なんだ……」
　今まで、自分自身と向き合おうだなんて考えたこともなかった。
　だって何もない私と向き合うのは苦痛だったから。
　でも今なら……私のことをちゃんと認めてもらえた、今なら。
「ありがとう、彼方。ちゃんと、自分と向き合ってみる」
「うん。でも辛いときは無理しないで。そんなときはこうやっていつでも、柚月のこと抱きしめるから」
「ん……わかった」

頭を撫でてくれる彼方の手があまりにも優しくて、そのまま私は彼方に身を預けた。
　たくさん泣いたからか文化祭の準備が忙しかったからか、どっと疲れが押し寄せてきて、一気に眠気が私を襲う。
「そろそろ寝れそう？」
「んー……うん……寝れ、そう」
　ゆっくりとまぶたを閉じる。
　そのとき、おでこにふにっと、なんだかやわらかな感触が押しつけられた。
「おやすみ、柚月」
　そうして私は、眠りについたのだった。

「──き、柚月……柚月、起きて」
「……んんっ」
　どこからか聞こえてくる私の名前を呼ぶ声。
　うっすらと目を開けると、もう外はすっかり明るくなっていて……。
「おはよ、柚月」
「ん……かな、た？」
「寝癖ついてる。可愛い」
　いつの間にか起きて制服に着替えている彼方がふにゃりとした笑顔を見せて、私の寝癖をちょんとつっつく。
　ああ、もう朝か……朝で……えーっと……。
「か、かか、彼方!?」
「うん、俺だけど……柚月、どうかしたの？」

目の前に広がるのは自分の部屋ではなく、あまり見慣れない彼方の家の客間だ。
　ああそっか、私、彼方の家に泊まらせてもらって……。
「えっと……お、おはようっ」
「おはよう、柚月。もう、朝から可愛いなぁ」
「ふぇ!?　あ、あぅ、あのっ、寝癖直してくる!!」
　急いでその場に立ち上がり、朝から真っ赤になっているであろう顔を隠すように彼方に背を向け、カバンの中から真新しいタオルを出す。
「行ってらっしゃい。あ、朝ごはんもうできてるから、いつでもおいでって母さんが」
「わ、わかった！　すぐ行くね！」
　その後すぐに洗面所を借りて顔を洗い、ちゃんと制服に着替えてからリビングへと向かう。
　朝ごはんは、こんがりと焼けているトーストと目玉焼きに、色鮮やかなフルーツサラダだ。

　さて、朝ごはんも食べ終わり、お母さんが持ってきたこのお泊まりセットをどうしようと考えていたところ……。
「とりあえずうちに置いておいて、帰りにまた寄ればいいから！　なに、気にすることはないよ、柚月ちゃん！」
　そんな彼方のお父さんの言葉に甘えさせていただき、いったん彼方の家に置かせてもらうことにする。
「じゃあ柚月ちゃん、彼方、気をつけてね」
「はい！　いろいろと本当にありがとうございました！」

彼方のお母さんに見送られ、彼方と2人で家を出ようとしたところで……よく見慣れた黒色の車が私たちの目の前に止まった。
「おはよう、柚月！　もしかして今から学校？」
「お母さん！」
　疲れた様子のお母さんが、車から降りてこちらに向かって歩いてくる。
「一色ちゃんも彼方くんも、おはよー！　いやぁ、柚月のこと本当に助かったわー！　さすがは一色ちゃん！　昔から頼りになるわー！」
「まったく、調子いいこと言っちゃって。というか、あなたクマすごいわよ。まさか本当に一睡もしてないの？」
　彼方のお母さんは、心配そうに私のお母さんを見つめる。
　それとは打って変わって「たははー！」と笑うお母さん。
「とりあえずトーストとかならすぐ作れるけど、何か食べていく？」
　彼方のお母さんの言葉に、ぱぁあっと顔をきらめかせる私のお母さん。
「え、本当!?　行く行く！　よかったら一色ちゃんの作ったフルーツサラダも食べたい！」
「はいはい。朝作った余りがあるから、それ食べてちゃんと寝て、今度はあなたが柚月ちゃんに美味しいもの作ってあげなさいよ？」
「もちろん！　じゃあ、おじゃましま——」
「ちょっと待って、お母さん」

私が声をかけると「ん?」と、間の抜けた顔で私のほうへと振り向くお母さん。
　そんなお母さんに、例のアレの話を振る。
　そう、例の……あの猫耳パジャマだ。
「お母さん、あのパジャマはいったいどういうこと? もっとこう、マシなのがあったでしょう? ねぇちょっと、人の話ちゃんと聞いてる!?」
　私の怒った声を聞いた瞬間、お母さんはうるさそうに顔をしかめた。
「あーあー、徹夜明けなんだから説教は後にして〜! ってそういえば、着替えが入ったそのカバンはいったいどこに……」
「ああ、それならうちで預かってるわ。柚月ちゃんが帰りにうちに寄って持って帰る予定だったんだけど……」
「ああ、そういうことね! うん、じゃあそれはこっちで持って帰っとくから、あんたは何も気にせず学校行きな? 今日は文化祭なんでしょ?」
「そ、そうだけど……もう、帰ったら覚悟しておいてよ!? 行こう、彼方!」
「ん、じゃあいってきます」
　彼方が軽く、私のお母さんに向かって会釈をする。
　そして2人で歩き出すと、私のお母さんの「柚月も彼方くんも気をつけてね〜!」なんてのん気な声が後ろから聞こえてきた。
「もう、お母さんってば!」

「俺はあのパジャマ、すごく可愛いと思ったけど」
「で、でもやっぱり恥ずかしいし……」
　猫耳でモコモコでおまけにふわふわ。
　まあでもせっかく買ったんだし、今度また着てみようかな……彼方もこうして可愛いって言ってくれてるし……な、なんてね。

「やあ、近衛くんに一色くん、おはよう！」
　彼方と少し歩いたところで鬼龍院くんと出会い、驚きで私は目を丸くした。
「鬼龍院くん!?　な、なんでここに……」
「君の顔が見たくてね、近衛くん。……うん、じつにいい顔色だ。もう本当に大丈夫みたいだね」
「鬼龍院くん……うん、もうすっかり元気になったよ。心配してくれてありがとう」
　こうして心配して、わざわざ家とは反対方向のここまで来てくれるなんて……。
「で、まさか君たちは僕を差し置いて"そういう仲"になったわけじゃないだろうな？」
　言いながら、怖いくらいの満面の笑みを彼方に向ける。
「……まだ、"そういう仲"ではない、かな」
　彼方が答えると、満足そうに鬼龍院くんは頷いた。
「よし、ではまだ時間はあるな。近衛くん、少し君と話がしたいんだ。なに、そんなに時間はかからないはずだ」
「話……うん、わかった」

「……じゃあ俺、寒いから温かい飲み物買ってくる」
　彼方が気を遣い、私と鬼龍院くんを２人きりにしてくれる。
「なあ近衛くん、だいたい察しはついているとは思うんだが……いいかい？」
　……私は自分自身と向き合って、そして鬼龍院くんの気持ちとも向き合いたい。
　鬼龍院くんがこうして気持ちをぶつけてきてくれるから、私もそれに心から応えたい。
「……もう、大丈夫」
　そんな私を見て、鬼龍院くんは安心したように微笑んだ。
「では、時間もないことだし率直に言わせてもらうよ」
　真っ直ぐに私と目を合わせる。
　覚悟を決めた、表情だった。
「君が好きだ、近衛くん。僕とつき合ってほしい」
　絶対に目をそらさないように、私も鬼龍院くんを見つめ返す。
　一度、静かに深呼吸をした。
　私は鬼龍院くんのことをどう思っているのか。
　鬼龍院くんの想いにどう応えるべきか。
　私は……。
「──ごめん、なさい」
　ゆっくりと、頭を下げた。
「鬼龍院くんのことはクラスメイトとして、尊敬してる」
「……尊敬、か」

「うん。他人の才能をちゃんと認められる鬼龍院くんを、私は尊敬してる。私はそれができなくて、いつも彼方と自分を比べてたから……」
 だから鬼龍院くんは私の自慢のクラスメイトだ。
 それ以上でも、それ以下でもない。
「でもこの私の気持ちは、鬼龍院くんが私を想ってくれている気持ちとは違う……ごめん、なさい」
「……顔を上げてくれ、近衛くん」
 言われたとおり、ゆっくりと顔を上げる。
 そこにはまだ、優しい微笑みを浮かべている鬼龍院くんがいて……。
「1ついいかい近衛くん？ 君は人を拒むことができないと言っていた。だから僕にも今でははっきりとした返事ができなかった……この僕の考えは合っているかな？」
 私はそっと、頷いた。
「鬼龍院くん、あの、今までうやむやにしてごめん。でももうちゃんと、自分自身と向き合うって決めたから」
「……そうか。ということは、本当に僕はフラれてしまったんだな」
 悲しそうに顔を伏せる鬼龍院くん。
 私は次にどんな言葉をかけていいかわからず、視線だけが宙をさまよった。
 すると、鬼龍院くんはおもむろにその顔を上げて……。
「では、これからもどうか僕と仲よくしてほしい。クラスメイトとして……よろしく頼む」

「えっ」
　もしかしたら、もう話をすることも、気まずくてできなくなるんじゃないかと思っていた。
　でも、目の前にいる鬼龍院くんは全然そんなことを感じさせなくて……。
「も、もしかして、それもダメか？」
「ダ、ダメじゃないよ！　むしろその、いいのかなって、思って」
「少なくとも僕はそう思っている。気まずくなったりすることを心配してるのかもしれないが、そんなことで、大事なクラスメイトである近衛くんに気を遣わせるようなことを、させるわけがないじゃないか！」
「鬼龍院、くん……」
「だからどうか、僕の前でも、ずっと笑顔でいてほしい」
　と言った鬼龍院くんのなんとも言えない微笑みが、とても綺麗で儚くて……。
「うん……うんっ、ありがとう、鬼龍院くん！」
　私は精一杯の笑顔を、鬼龍院くんに向けたのだった。

「はい、ココア。ちょっと熱いから気をつけて」
　彼方が戻ってきて、私に温かい缶のココアを渡してくれる。
　手渡されたココアは最初はほんのちょっと熱かったけれど、だんだんと私の手になじんできて、その温かさが心地よくなってくる。

「ありがとう、彼方！　あ、ちょっと待ってね」
「あ、お金とかいらないから。だから財布はしまっていいよ」
「……では、ありがたくいただきます」
　次に彼方は鬼龍院くんのほうを向き、鬼龍院くんにもココアを1本手渡した。
「えっ、僕にも買ってきてくれたのか、一色くん!?」
　目を丸くして、鬼龍院くんは驚きの声をあげる。
「……まあ、ね。あ、鬼龍院もお金はいらないから。おごり」
「だ、だがっ」
「もしかしてココア苦手だった？」
「いや、そういうわけではない！　だが……しかし……っ」
　こういったことをされるのは初めてなのか、どうすればいいんだ……という様子で彼方とココアを交互に見ている。
　すると、少し呆れたように彼方はため息をついて……。
「気にしないでよ。鬼龍院には、その、いろいろと感謝もしてるし……それに、一応俺ともクラスメイトでしょ。だからこれからも、仲よくしてくれると嬉しい……かな」
　気恥ずかしそうに、ちょっと顔をそむける。
　すると鬼龍院くんは……。
「ふ、ふはは！　そこまで言われたら仕方あるまい！　これからもよろしく頼むよ、一色くん！」
　そう言った鬼龍院くんの表情は、今まで見せたどの笑顔よりも無邪気で可愛らしいものだった。
「ではありがたくいただこう！　僕は今、飲み物の中でコ

コアが1番好きになったよ！」
「ふふっ、彼方が買ってきてくれたココアあったかいね」
「ああ！ 心に染みるよ！」
「ふ、2人とも大げさだよ。……あと、なんか恥ずかしいからやめて」
「彼方が買ってきてくれたココア美味しいね！」
「ああ！ 最高だ!!」
「だからやめてってば！」
　こうして、最終的には3人で温かいココアにホッと息をつきながら学校へと向かった。

　学校へつくと校門にはバルーンのついた豪華なアーチが飾ってあり、私たち3人を出迎えてくれる。
　その下を通り過ぎ、私たちはざわざわと賑やかな学校へと足を踏み入れたのだった。

　——さあ本日は、待ちに待った文化祭だ。

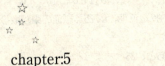

chapter:5

「私、もう居場所なんていらない」

「んー……と、取れないっ」
　棚の上のほうにある紙皿の束が取りたくて、うんと手を伸ばす。
　あと、あとちょっと！
「無理しないの、柚月」
「あっ」
　背後から伸びてきた手が、私が取ろうと奮闘していた紙皿の束を取ってくれる。
　振り向くと、「はい」と言って紙皿を差し出す彼方がいた。
　突然彼方が後ろにいたことに驚き、そして接客用のエプロンとベスト姿があまりにもカッコよくて、ドキリと心臓が鳴る。
「あ、ありがとう」
「あんまり、1人で無茶しないでね」
「うん……って、なんで彼方がここに？」
　彼方はさっきまで表で接客をしていたはずだ。
　彼方目当てで来る女の子も多いらしく、いろんな子に声をかけられているのを何度か見かけた。
　まあ確かにカッコいいし……そりゃ、いろんな子にキャーキャー言われちゃうよね……。
「ちょっとだけ休憩。忙しくなるのはこれからだから、鬼龍院が少し休憩してこいって」

「そうなんだ……ありがとう、助かったよ」
　そう言いながら、私は彼方から紙皿を受け取った。
「で、でもまあ確かに休憩しないとキツいよね。なんだかいろんな女の子から話しかけられてたし、指名とか入ってたし……それにっ──」
「柚月」
「……はい」
「ヤキモチ、焼いてる？」
「……うん」
「そっか……ヤキモチ、焼いてくれてるんだ」
「うぅっ」
　よしよしと、顔を赤くしている私の頭を撫でる。
　もう彼方ってばそんな嬉しそうな笑顔して……くっ、カッコいい！
「と、とにかく、私は紙皿持っていかないとだから」
「じゃあ俺ももう行く。さっき軽い食事もとらせてもらったし……それに、柚月の顔見たら、疲れも飛んじゃった」
　彼方の上品な笑顔に、私の胸がきゅんとしてしまう。
「そ、そっか。じゃあ、無理しない程度に頑張ってね」
「柚月こそ。……あ、ちょっと待って」
　紙皿を持っていこうとした私の腕を突然つかむ彼方。
　どうしたんだろうと思っている間に、チュッと、私のおでこにキスをした。
「なっ!?」
「いってきます」

そうして、彼方は喫茶店の表へ颯爽と戻っていったのだった……。
　その後、必死に顔の熱を冷ました私。
　やっとドキドキがおさまった頃には、もう次の班との交代の時間となっていた。
　ちなみに班は６つに分かれていて、それぞれ調理班が３つ、接客班が３つとなっている。
　各２時間交代で、自分の割り振られた時間以外は自由時間となってるが、私は実行委員として人手が足りない時間、つまり約２時間半後には、またこちらに戻ってこなければいけないことになっている。
　なのでその時間になるまでの間が、私にとっての自由時間だ。
「なんか面白い企画やってるとこも多いし、見て回るだけでもすごく楽しかったよ！」
　先に文化祭を見てきたクラスメイトのそんな言葉に、私もワクワクと胸が高鳴る。
　……そこで、だ。
　いったい誰と回ろうかと私は思考をめぐらせた。
　ちなみに私は知っている。私の班のほぼ全員が、彼氏や彼女と回る約束をしていることに。
　だからその子たちに声をかけるわけにもいかないし、鬼龍院くんは生徒会のほうが忙しいって朝からバタバタしてるし、彼方はまだ表で交代の時間まで結構あるはず……。
　……ここは、１人で行くしかないか。

「うん、じゃあ、いってきます！」
「いってらっしゃ～い！」
　次の班の子たちに見送られ、私はとりあえず1人で回ることにしたのだった。
　最初はうちのクラスの喫茶店に寄ろうとしたけど、ほぼ満席で、残念ながら彼方に接客をしてもらうことはできなかった。
　まあでも、ほら、ね！
「おでこ、チューしてくれたし……」
　思い出してまた自分の顔が熱くなる。
　そんな顔をパタパタとあおぎながら私が向かったのは、先日『すぐ行くね！』と私が約束したセレナちゃんのクラスだ。
　外には可愛らしい看板で『キャンドル・アクセサリー製作体験』と書いてあり、横の机にサンプルで作られた物が置いてある。
「わっ、可愛い」
　キャンドルはピンクやオレンジ色のシンプルなものから、グラデーションやマーブル柄の鮮やかなものまである。
　おしゃれなブレスレットなんかもあって……見ているだけで、乙女心を鷲づかみにされてしまう。
「セレナちゃん、今いるかな……」
　教室の中に入ると、大人から子どもまでみんな楽しそうにキャンドルや可愛いアクセサリーを作っている。
　そしてその教室の奥にセレナちゃんは座っていた。

「あ、セレナちゃん!」
「えっ、あ、ゆ、ゆゆゆ、柚月さん!?」

　私の姿を見た瞬間、心底驚いたようになぜかその場に立ち上がるセレナちゃん。

　そんなセレナちゃんの目の前にある机にはストーンやビーズがたくさん置いてあり、セレナちゃんはどうやらアクセサリー担当のようだった。
「い、いいい、いらっしゃい柚月さん!　あ、えっと……本当に、来てくれたのね」
「もちろん!　ここに来るの、私すっごく楽しみだったんだ!」
「そ、そう……じゃあせっかくだし、この月城セレナが、特別に柚月さんについてあげる!　一応わたしはアクセサリー担当なんだけど、それでもいいかしら?」
「アクセサリー……作ったことはないんだけど、私、頑張ってみる!」

　にこりと笑顔を見せると、セレナちゃんも優しい笑顔を返してくれた。
「立ち話もなんだし、ひとまず座りましょうか」
「うん、よろしくね、セレナちゃん!」

　アクセサリーパーツがたくさん置かれた机を挟み、セレナちゃんと向かい合うかたちで椅子に座る。

　それにしても、本当にいろんなパーツがあるなぁ。

　ハートの形をしたのとか、透明なの、キラキラしたの、金色に銀色に……。

「たくさんありすぎて、どれにするか決まんない……」
「じゃあこのパールと……それと、これと、あとはこのガラスビーズを合わせたりしたら、わたしとっても可愛いと思うのだけれど」
　セレナちゃんが私の目の前に、試しにパーツを並べていく。
「うわぁ、この色の組み合わせ、本当に可愛い！」
「なんたって、この月城セレナが選んであげたんだもの、当然よ！　……柚月さんに似合う色とか調べといてよかったわね、ナイスよ、わたし！」
「え？　セレナちゃん今何か……」
「べ、別に何も言ってないわよ！　ってそれより、柚月さんはこのパーツだけでよろしいのかしら？」
「うん、このパーツと……あ、これも足していい？」
　私が手に取ったパーツは、少し大きめのリボンの形をした物だ。
　セレナちゃんも「それを選ぶとはさすが柚月さん、センスがいいわ！」と言ってくれる。
「私のセンスというか……ほら、今セレナちゃんがしてるブレスレットが可愛くて」
　セレナちゃんの左手には、同じリボンのパーツが使ってあるものをはめていた。
「それがすごく可愛いから、私もこのリボン入れたいなって思って」
「そ、それは……あの、じゃあ、その、柚月さん！」

パッと私のほうに顔を向けるセレナちゃん。
　すーはーと深呼吸をして、覚悟を決めたようにセレナちゃんは口を開いた。
「よ、よよ、よ、よかったら、お、おそろいにしてあげないこともないのだけれど!?」
「おそろいに？」
「ど、どうせ同じパーツで作るんだし……というか、わたしとおそろいだなんて嬉しさのあまり泣いて喜んでもいいのよ？　……い、嫌なら別に無理にとは……あの、でもおそろいに……した、くてっ」
　だんだんと、顔をうつむかせるセレナちゃん。
　そんなセレナちゃんに、私が返す言葉なんて決まっていた。
「私も、セレナちゃんとおそろいにしたいな。だから、作り方教えてくれる？」
「柚月、さっ」
　私の返事を聞いたセレナちゃんは、そのうつむかせていた顔を上げ……。
「もちろんよ！　この月城セレナがしっかり、ちゃんと、これでもかってくらい丁寧に教えてあげるわ！」
　とっても可愛らしい満面の笑みを、私に向けてくれたのだった。

「……どう、かな？」
「とってもお似合いよ、柚月さん！」

同じ形のブレスレットを私は右手につけて、セレナちゃんと並べてみる。
　セレナちゃんは紫(むらさき)。私はピンクだ。
「ありがとうセレナちゃん。大切にするね！」
「ええ、わたしも大切にするわ」
　えへへっと2人で笑い合う。
　っと、もうちょっとセレナちゃんと話していたいけど、他にもたくさんお客さんがいることだし、あんまり長居しちゃいけないよね。
「じゃあ私、もうそろそろ行こうかな」
　そう言って立ち上がると、セレナちゃんはちょっと寂しそうな表情で私の顔を見上げた。
「あ、あの、柚月さんはこれから何か用事でも？」
「ううん、とくにどこ行こうとかは決まってなくて、適当にぶらぶらしてるだけ。ほら、あんまりここにいても邪魔になっちゃうだろうし……」
「そ、それじゃあわたし、もう数分で交代の時間になるのだけど、あの、よかったらこのわたしが一緒に文化祭を回ってあげても……ああもう、なんでこう上から目線になっちゃうのよ、わたし！」
　セレナちゃんは頭を抱え、うんうんなった後、「ゆ、柚月さん！」と私の名前を呼びながらうつむかせていた顔を上げた。
「よかったら、わたしと一緒に文化祭回ってくださる？わたし、柚月さんと一緒に回りたくて……っ」

また少しずつ顔をうつむかせていくセレナちゃんに、私は……。
「もちろん！　こちらこそ、一緒に回ってくれると嬉しいな！」
　と、返事をしたのだった。

「——な、なかなかにすごかったわね」
「ほ、本当に……ね」
　文化祭の定番として、真っ先にあがるであろうお化け屋敷。
　今年は1つ上の3年生が作ったらしく、セレナちゃんと一緒に行ってみたのだが……。
「あれは文化祭でやるレベルなの？　あまりにも怖すぎるわ」
　真っ青な顔をしているセレナちゃん。
　怖かった。ものすごく怖かった！
「よ、よし！　気を取り直して次に行こう、セレナちゃん！」
「ええ、そうね。時間ももったいないし、早く次に行きましょう！」
　そうして、とくにあてもなく歩き出す。
　ふと、『プラネタリウム』と書かれた看板が気になり、それが置かれた理科室に入ってみる。
「わぁ、すごい……！」
　キラキラと、私の瞳が色とりどりの光を映し出す。
　黒いカーテンで光を全て遮り、どんなふうにしているの

かはわからないが、本当にプラネタリウムみたいに壁や天井に無数の星が輝いていて……。
　これにはセレナちゃんも目を輝かせ、辺りをキョロキョロと見回している。
　ひととおり堪能(たんのう)して、次の教室へと向かう。
　美術部の絵の水族館や、射的に手作り雑貨の販売(はんばい)、他にも先生たちが自家製のジャムやパンを売ったりと、いろいろな催し物が行われていて、どこも賑わっている様子だ。
「あら、ここは……占(うらな)いの館って書いてあるわね」
　セレナちゃんがふと立ち止まる。
　黒いボードに紫の文字で『占いの館』と書かれたそこは、ちょっと不思議な雰囲気を漂わせていた。
　そこからちょうど、見知った２人組が姿を現したのだ。
「なんだよ『あなたは合コンに行ったら必ず会場を盛り上げる役に回るタイプで、肝心(かんじん)の彼女はゲットできないまま終わるでしょう』って!!」
「いやぁ、当たってるじゃないですか。ここの占いは本物ですよ」
「真壁先生に言われると嫌味にしか聞こえないんですけど!?」
　真壁先生と野沢先生が、ちょっとだけケンカしながら出てくる。
　野沢先生は相変わらずだなぁ……。
「どうやらここの占いは当たるみたいね！　ち、ちょっと入ってみてもいいかしら？」

「うん、じゃあ私もやってもらおうかな」
　紫色のカーテンをくぐり抜け、私とセレナちゃんはその占いの館に足を踏み入れた。

「なんなのよ、あの占いはっ!!」
　セレナちゃんは真っ赤な顔で興奮しながら、さっきの占いの館について語る。
「『傲慢で上から目線かと思いきや、じつは小心者で言いたいことが言えないタイプ。その心はまるで小動物レベル。自覚があるのがまた厄介』って何よ!!　……当たってるわ。何者なの、あの子」
「私は『君は占いなんてもう必要ないだろう』って言われちゃった。私もちゃんと占ってほしかったなぁ……」
　途中で買ったフランクフルトやたこ焼き、ワッフルを、２人で空いていたベンチに座って食べる。
　話しながら食べているとあっという間に時間は過ぎて、近くにあった時計を確認すると、交代までまだ少し時間がある。
「——でも、柚月さんと一緒に回れて楽しかったわ」
「こちらこそ、すごく楽しかったよ！」
　そう言うと、ふわりとやわらかい笑顔を見せて、どこか安心したようにセレナちゃんは私を見つめた。
「……よかった、柚月さんが楽しそうで。柚月さんが、また笑ってくれて」
「セレナちゃん……」

「一色彼方の、おかげなのかしら？」
 笑顔のまま、私に問いかけてくる。
「うん。彼方のおかげで、今こうして笑えてる。でも、セレナちゃんと鬼龍院くんのおかげでもあるから！」
「……そう、柚月さんのお役に立てたならよかったわ。それで、なんだけど……一色彼方とは、今はどういう関係なの？」
 その質問に、ドキリと私の心臓が鳴る。
「……彼方とは、まだ、何も」
「あらそうなの？　わたしはてっきり……」
 私の返事を聞いて、ふむと考え出すセレナちゃん。
「……じゃあ柚月さん、あなたはいったいどうしたいのかしら？」
「へ？」
 私が、どうしたいか……？
「これからも一色彼方と一緒にいたいと、そう思う？」
 それはもちろん一緒にいたいと思う。
 でもそれは昔から思っていることで、恋愛感情ではなく依存の延長だろう。
「わたしは今でも、あなたたちを引き離してやりたいと思っているわ」
 気づくと、セレナちゃんは真っ直ぐに私のことを見つめていた。
「でもあんな光景を見せられたら、そんな気持ちもぶれてしまうのは当たり前よね？　だからわたし、とりあえず柚

月さんの気持ちを聞いておこうと思ったの」
　あんな光景とは、私が彼方に本心をぶちまけたときのことだろう。
　好きだと言って、彼方は私を抱きしめた。
　セレナちゃんは彼方のことが好きだから、あんな光景を見たらたまらないに決まっている。
　それに、告白されてもこうして答えを見つけられていない私なんて、そりゃあ引き離してやりたいって思っちゃうよね。
「私は、彼方と……」
「一緒にいたいと……一色彼方の隣にいたいと、今でもそう思っているのかしら？」
「彼方の、隣に……」
　……違う。そうじゃない。
　ふと頭をよぎった言葉に自分自身が困惑する。
　私は……私は彼方の隣に、いたいわけじゃないの？
「柚月さん？」
「私っ」
　いや、彼方の隣にはもちろんいたいと思っている。だけど何かが違う。
　今までとは何かが……。
「……嫌だ」
「柚月さん？」
「嫌だ。彼方の隣だけじゃ……それだけじゃ、嫌だ」
　もっと欲張りに、わがままに。

「……私、もう、彼方のそばにいるだけじゃダメなんだ」

私はもう、彼方に居場所なんて求めてないんだ。

居場所なんていらないから、彼方の気持ちが欲しい……そう、思ってるんだ。

「セレナちゃん……私、彼方に自分の居場所のためにそばにいてほしいとは、もう思ってない」

これは全て、依存の延長じゃないか。恋愛感情ではないんじゃないか。そんな考えが頭をよぎって、今までちゃんとした答えが出せなかった。

だけど、やっと……やっと、この気持ちがなんなのか、はっきりとわかった。

「私、もう居場所なんていらない。代わりに彼方の全部が欲しい。彼方の気持ちを……言葉を、全部を私に向けてほしい」

彼方に居場所をもらっても、そこに気持ちがなければ意味はない。

彼方の隣にいさせてもらっても、その気持ちが他の人に向いていたら嫌だ。

昔の私ならきっとセレナちゃんを応援(おうえん)していただろう。それどころか手助けをしていたかもしれない。

いい人だと思われたくて、役に立ちたくて、そんなことをしていたかもしれない。

でも、もう違う。もう昔の私とは違う。

ああ、やっとわかった。

セレナちゃんに問われて、やっと自分の気持ちをちゃん

と理解してあげられた。
「……そう。柚月さんの気持ちはよくわかったわ。もしかして今気づいてしまったのかしら？」
「う、うん……今、気づいた」
「わたしが気づかせてしまったのね……気づかなければよかったのになんて、今さら遅いかしら」

　綺麗な青空を見上げ、寂しそうな笑顔を見せるセレナちゃん。

　その横顔に、きゅうっと胸がしめつけられるような感覚になって……。
「ごめん、セレナちゃん。こんな今まではっきり自分の気持ちもわかんなかったヤツに……セレナちゃんの気持ちを考えれば、引き離してやりたくなっちゃうよね」

　他人から見れば本当にひどいと思う。

　何を言われても言い返す資格なんてないだろう。
「柚月さん？」
「だってそうだよね。私なんて幼なじみって立場を利用して、ずっと彼方の隣を独占してたんだし」

　それでももう、自分の気持ちに気づいてしまったから。
「ゆ、柚月さ～ん？」
「こんな……こんな鈍感な私でごめんなさい。セレナちゃんだって彼方のことを……なのに、私みたいなのが隣にいて許せないよね。でももう、自分の気持ちに嘘はつきたくなくて──」
「ちょ、ストップ！　ストップ!!」

片手を前にかざし、私にストップの合図を送るセレナちゃん。
「ご、ごめんセレナちゃん！　気持ちがぶわって溢れてきて、すごい早口になっちゃった」
「いえ、こちらこそごめんなさい。ただ、その、柚月さんの言っている意味がよくわからなくて……」
「え、えっと、だから……セレナちゃんは彼方のことが好きだから、私みたいな優柔不断で幼なじみってだけのヤツとなんて引き離したいって、そう思って」
「はぁぁ!?」
「ふぇ!?」
　セレナちゃんの聞いたこともないような大きな声に、身体がビクリと大きく跳ねる。
　すると、困惑したようにセレナちゃんは頭を抱え……。
「えーっと、柚月さん。今、誰が誰を好きだと？」
「……セレナちゃんが、彼方のことを」
　そこからお互い無言の時間が続く。
　セレナちゃんはまだ何か考えている様子で、じっと目をつぶっている。
「柚月さん」
「は、はいっ」
　ゆっくりと顔を上げ、私を見つめるセレナちゃん。
　真顔だ。とてつもない真顔だ。
「どうしてそんな考えになったのかはわからないけれど、それは誤解よ、柚月さん」

誤解？　誤解っていったい……。
「わたしは別に、一色彼方のことは好きではないわ。むしろ好ましいなんて１ミリも思ったことがないくらいよ」
　…………え？
「え？」
「だからわたしは」
　え？　ええ？
「一色彼方のことは、これっぽっちも好きではないわ」
　えええええええええええ!?

「かけがえのないものだから」

「え、え〜っと……」
　理解が追いつかなくて、とりあえず落ち着いてセレナちゃんの言動を思い返してみる。
　確かにどれだけ思い返してみても、セレナちゃんは一度も彼方のことを好きだとは言っていない。
　じゃあ、私の勘違い!?
「でもなんでセレナちゃんは私と彼方を引き離そうとしたの？　彼方のことが好きで、だから彼方の隣にいる私のことが邪魔だと思って引き離そうとしたんじゃないの？」
「むしろその逆よ！」
「ぎゃ、逆？」
「わたしが本当に邪魔だと思ったのは、一色彼方のほうよ」
「彼方のほうが邪魔？」
　いったいどういうこと……？
「おや、そこにいるのは近衛くんと月城くんじゃないか！」
　突然名前を呼ばれ、セレナちゃんと一緒に声が聞こえたほうに視線を向ける。
　そしてそこには鬼龍院くんと、まだエプロン姿の彼方がいた。
　彼方は片手にたい焼きのマークが描いてある袋を持ち、2人ともこちらに向かってきている。
「彼方！　鬼龍院くんも！」

「柚月、たい焼きたくさん買ったんだけど食べる？」
「いいの？」
「……月城さんも、いる？」
　たい焼きの入った袋をセレナちゃんに向ける。
　セレナちゃんは「フンっ、まあもらってあげてもいいわよ」といつもより冷たい声でたい焼きを１つ手に取った。
「こらこら月城くん。ここは素直に『ありがとう、嬉しいわ！』と言うところだろう？」
「うるさいわよ、鬼龍院司！　柚月さんも食べるからわたしも食べようと思っただけで、別に欲しくてもらったわけじゃ……」
　ひと口、セレナちゃんはたい焼きを頬張る。
「あら美味しいわね」と言うセレナちゃんの言葉どおり、カスタードクリームの入ったそれはとても甘くて美味しかった。
　たい焼きを食べひと息ついたところで、セレナちゃんが少し不機嫌そうに口を開く。
「で、柚月さん。わたしはこれっぽっちも一色彼方のことは好きではないし、この一色彼方こそ邪魔者だったのよ」
「おや、なんだか興味深い話の途中だったようだ。というかそうか、やはり君が好きなのは一色くんのほうではなかったか……まあ、薄々そんな気はしていたが」
　どこか納得したようにそう言ったのは鬼龍院くんだ。
　う、嘘……セレナちゃんは本当に、彼方のこと好きってわけじゃないの？

「わたしが2人を引き離そうとしたのは、一色彼方のことが許せなかったからよ」

スラリと長い腕と足を組み、キッと彼方のことを睨みつける。

「彼方のことが許せなかったって、どうして……」
「……見ちゃったのよ。柚月さんが、泣いてるところ」
「わ、私？」
「放課後に廊下で、柚月さんと一色彼方が一緒にいて……そしたら柚月さんが涙を流していて」

まだ必死に彼方の役に立とうとしてたとき、自分には何もないと思い込んでて……彼方の前で、少し泣いちゃったんだっけ。

それを、セレナちゃんは見ていたのだ。

「一色彼方はあなたの1番近くにいる存在。なのに涙を流す柚月さんをただ見ているだけで、何もできずに立ち尽くす姿を見て……彼に、柚月さんは任せられないと思ったわ」
「それは僕も同じことを思っていたよ。なかなか見る目があるじゃないか、月城くん！」
「あなたはちょっと黙ってなさい！」

鬼龍院くんの口にたい焼きを突っ込んで、セレナちゃんは話を続けた。

「だから2人を引き離そうとしたの。一色彼方に直接、柚月さんにはもう近づかないで、と言ったことだってあるわ」

直接、彼方に……？

「それってまさか、放課後に2人で話してた、あの!?」

「ああ、あのときか！ まさか君たちがそんな話をしていたとは……」
「えっ、柚月も鬼龍院も見てたの？」
　私と鬼龍院くんに続いて、彼方も驚いたような表情をする。
「話の内容までは聞こえなくて、てっきりセレナちゃんが彼方に告白してるのかと……」
「まあ内容はともかくとして、あのとき、辛そうな近衛くんを１人きりにしていたのは事実だがな」
　たい焼きを食べながら、鬼龍院くんは彼方をチラリと見る。
「……それは、本当にごめん。柚月を１人にしちゃって」
　しゅんとしてしまう彼方。
　そんな彼方を見て、セレナちゃんが焦ったようにフォローを入れた。
「こ、これに関しては、わたしもほんのちょっとは悪いの。話を誰にも聞かれたくなくて、一色彼方を教室から連れ出したのはわたしなんだし」
「いや、でも待ってくれ」
　たい焼きを食べ終わった鬼龍院くんが、顎に手を当てて何か考えるポーズを見せる。
「結局、月城くんが２人を引き離すメリットはなんだ？　近衛くんのために一色くんを引き離そうとした……それは君になんの利益がある？」
　彼方のことが好きではないとわかった今、なんでセレナ

ちゃんが私と彼方を引き離そうとしたのか。
　セレナちゃんは、どうして……。
「……柚月さんは、わたしにとって救いなの」
「へ？」
　救い？
　私が、セレナちゃんの？
「１年生の頃、わたしは１人ぼっちだった。家に帰っても両親は仕事でいない。学校に来ても、みんなわたしのことなんて見て見ぬふり」
「セレナちゃん……」
「理由はわかってたわ。ほら、わたしって少しキツい性格でしょう？　１年生の頃は今よりもっとひどいありさまだったから……あんなんじゃあ、誰もわたしになんて近づこうとしないわよね」
「驚きだ、君は自分がキツい性格だということを自覚していたのか！」
「……」
　無言で鬼龍院くんの口にまたたい焼きを突っ込むセレナちゃん。そのまま何事もなかったかのように、セレナちゃんは話を続けた。
「友達もいなくて、誰もわたしに話しかけてもくれなくなってしまって……それでも素直になれなくて……わたし、もう転校しようかとも考えていたのよ」
　１年生の頃、確かにセレナちゃんはクラスで浮いていた。
　美人で可愛くて頭もよくてお金持ちのお嬢様。

そんなセレナちゃんのことはすぐに噂になったけれど、同時に、みんなどこかセレナちゃんを別世界の人だと思っている感じだった。
　それに加えてセレナちゃんの素っ気ないキツい態度に、誰もセレナちゃんに話しかけなくなっていったのだ。
「でも、柚月さんだけは違った。柚月さんだけはわたしに話しかけてくれた。わたしはあのとき……柚月さんがハンカチを拾ってくれたあのとき、心から救われたわ。ちゃんとわたしという存在を見てくれている人がいるんだって、本当に嬉しかった」

　──その日、私はたまたま廊下でハンカチを拾った。
　レースのフリルがついたそのハンカチは、すぐにセレナちゃんのものだとわかった。
　前にセレナちゃんが持っているのを見たことがあり、そのときに『可愛いハンカチだなぁ、でも高そうだなぁ』なんて思った記憶が残っていたのだ。
　だから、私はすぐにセレナちゃんのところへ行った。
『これ、月城さんのハンカチだよね？』
『えっ、確かあなたは同じクラスの……なんであなたがわたしのハンカチを？』
『廊下で拾ったの。はい、あんまり汚れてないみたいでよかった。このハンカチ白くてふわふわしてて、レースも可愛いね』
『わ、わたしのハンカチよ、可愛くて当たり前だわ。と、

とにかく、早くこっちによこしなさい！』
　ハンカチを返した私は、すぐに彼方の元へ向かおうとセレナちゃんに背を向ける。
　そのとき、私はセレナちゃんに呼び止められたのだ。
『あ、あの……こ、近衛さん！』
『ん？　どうかしたの、月城さん？』
『……り……がと』
『へ？』
『あ、ありがとうって言ったの!!』
　顔を真っ赤にさせるセレナちゃんに、私は『どういたしまして！』と返したのだった。
　これが、私とセレナちゃんが初めてしゃべったときの思い出だ。
　それからちょっとだけ話すようになり、１年生の終わり頃には……。
『あなたには、その、セ、セレナって呼ぶことを特別に許してあげる！　光栄に思いなさい！』
『じゃあ、私のことも柚月って呼んで』
　だけどこの後２年生に進級してクラスが別々になってしまい、セレナちゃんと話す回数はめっきり減ってしまったのだった。

「……わたしのハンカチを覚えていてくれた。柚月さんだけはわたしを見ていてくれた。それがどんなに嬉しかったか……でも」

キッと、また彼方を睨みつける。
「柚月さんに話しかけようとしても、いつも柚月さんは彼方彼方って一色彼方のことばかり！　１年生の頃からあなたは邪魔だったわ‼」
「……そっか。だから月城さん、１年生の頃から俺のことよく睨みつけてたんだ」
　彼方がどこか納得したようにセレナちゃんを見た。
「ええ、そうよ！　でもあなたはいつもポケーッとしていて、わたしのことなんていっさい眼中にないって感じで、本当に腹が立ったわ‼」
　あの頃の彼方は絶賛無気力中だったし、確かにいつもポケーッとしてたな……。
「……そういうわけで、わたしは柚月さんに救われた恩があるし、柚月さんが優しくて思いやりのある人だと見ていればすぐにわかったわ。そんな柚月さんに笑顔でいてほしい、辛い思いはしてほしくないと思うのは当然のことじゃない？」
　何も言い返すことはないというように、彼方と鬼龍院くんは口を閉じる。
「だけどそんなわたしの願いとは裏腹に、ここ最近の柚月さんはいつも辛そうだったわ。一色彼方といるときはとくに！」
　彼方といるときはとくに……か。
　こんなふうにセレナちゃんにまで見抜かれて、私ってことごとくいろんな人に心配かけちゃってたんだな……。

「そして柚月さんの涙を見て……何もしない一色彼方を見て、わたしは決心したわ。柚月さんに嫌われてでも２人を引き離してやるって」
「……ごめんね。セレナちゃんにまで私、そんなにたくさん心配かけちゃって」
「柚月さんが謝る必要なんてないわ。全てわたしが勝手にあなたに救われて、勝手にあなたのためにってしただけだもの」
「こんなことでしか、柚月さんに話しかけることもできなかったの」と言って、セレナちゃんは寂しそうな笑顔を見せた。
「クラスが変わって柚月さんとお話できなくなって、わたしすごく後悔したのよ。だってまだ、大切なことを柚月さんに伝えてなかったから」
「それって、もしかしていつも言いかけてたこと？」
　いつもセレナちゃんは何か言いかけては、また今度でいいからと先延ばしにしていたことを思い出す。
　結局今までタイミングが合わなくて、聞けずじまいだったんだっけ。
「まさにそれよ。勇気が出なくて、断られたらどうしようって……ずっと言えなかった」
　セレナちゃんは、私の両手をぎゅっと握りしめる。
　その手はかすかに震えていて……。
「柚月さん」
　凛とした声が、私だけに向けられていた。

「１年生のとき、わたしに話しかけてくれて本当にありがとう。ハンカチを拾ってくれて、本当にありがとう」
　心のこもったその言葉が、じんわりと私の心に深く深く響いていく。
「あなたがいてくれて、わたしは心から救われたの。だからもう自分のことを役立たずだなんて、お願いだから言わないで」
　うん、うんと、何度も頷く。
　セレナちゃんの言葉に、思わず泣いてしまいそうだ。
「ずっと笑顔のままのあなたでいて。そしてどうかまたわたしに、暇なときでいいから話しかけてくれると嬉しいわ」
「もちろん」と返事をする。
「最後に、わたしがどうしてもあなたに伝えたかったこと。それは……」
　握っていた手を離し、スッと、私とお揃いのブレスレットをはめている左手を差し出した。
「どうかわたしと、友達になってくだっひゃい!!」
　１番最後に、セレナちゃんは思いきり噛んだのだった。
「月城くん、見事に噛んだな」
「～～っ!?」
　声にならない声をあげ、顔を真っ赤にさせてセレナちゃんは両手で頭を抱えた。
「ああああ、わたしったらなんでこう肝心なところで……もっとちゃんと練習しておくべきだったわ！」
「……セレナちゃん」

名前を呼んで、セレナちゃんの両手を包み込むようにして握る。
　その握りしめた手の先が冷たくなっていて、温めるようにスリスリと擦り合わせた。
「ずっと外にいたから冷えちゃったね」
「ゆ、柚月さっ」
「ねぇ、セレナちゃん。まだまだ自分に自信が持てなくて、たくさん心配かけて、みんなに背中を押されてやっと前を向くことができた私だけど……」
　ゆっくりと、私は頭を下げた。
「よかったら、友達になってください」
　私に、友達と呼べる人はあんまりいないなと気づいたのは２年生に上がった頃だった。
　仲のいいクラスメイト。
　だいたいがそれ止まりだったのだ。
　それほどまでに彼方と一緒にいたし、彼方がやらないなら私もやらない。彼方が行かないなら私も行かない。そんな感じだったから。
　だから私にとってもセレナちゃんは特別だ。
　下の名前で呼び合って、とくに意味のない世間話をしたり……セレナちゃんの世間話は普通じゃなかったから、聞くのもとっても楽しかった。
　そんなセレナちゃんともっと仲よくしておけばと思ったのも、２年生になってクラスが分かれてしまってからだ。
　でもまあ、彼方に依存していた私が行動に移すことはな

かったのだけれど。
「本当にわたしと友達になってくれるの？　本当にわたしでいいの？」
「こっちこそ、本当に私でいいの？」
「ええ……ええもちろんよ！　わたしたち、今から友達よ！」
　心の底から嬉しそうに、セレナちゃんは今まで見てきた中でも１番の笑顔を見せてくれたのだった。
「じゃあちょっと冷えてきたし、学校の中に戻ろっか」
　私がそう言うと、セレナちゃんは「確かにちょっと寒いわね」と言いながらベンチから立ち上がる。
　つい長い時間ここにいちゃったけど、今は何時だろう。
「あ！　私もうすぐ交代の時間だった！」
「え、柚月行っちゃうの？」
「そんな、柚月さんっ」
　しゅんと、彼方とセレナちゃんが寂しそうに私を見つめる。
　うっ、なんだか２人とも可愛い……！
「こらこら君たち、あまり近衛くんを困らせてはいけないよ。というわけで近衛くん、２人のことは僕に任せてかまわず行ってくれ」
「あなたにこの身を任せるくらいなら１人でいいわ」
「……俺も」
「君たち、僕に対して辛辣すぎやしないかい⁉」
　３人のやり取りを見て、思わず「ふふっ」と笑い声が漏

れてしまう。
　そんな私を見て、3人もつられるように笑顔になった。
「じゃあいってらっしゃい、柚月さん」
「ふっ、この2人は僕が責任を持って……！」
「しつこいわよ、鬼龍院司!!」
「じゃあまた後でね、柚月」
「うん、いってきます！」
　3人に見送られ、足を1歩前に踏み出す。
　だがそこで一度立ち止まり、私は彼方のほうへ振り向いた。
「あ、彼方！」
「ん？　どうしたの？」
「後で2人っきりになれたら、私、彼方に言わなきゃいけないことがあるの！」
「え……っ」
　彼方は驚いたように目を丸くさせ、次に「わかった」とひと言。
　その返事を聞いたあと、私は今度こそ振り返らずに調理室へと向かったのだった。

　──ほとんどの出し物や企画展示も、4時になったらいったん終了するようにとの放送が学校中に流れた。
　その放送を聞いたみんながグラウンドへと集まっていく。
　後夜祭が始まるからだ。

「近衛くん、お疲れ様」
「みんな、待たせてごめんなさい！」
「そ、そんな柚月さんが謝ることではないわ！」
「そうだよ、近衛くん。そんなに急がなくてもまだ時間はあるからね」

　喫茶店も大盛況で終わりを迎え、エプロンを脱いだ私は調理室の外で待っていてくれた３人と合流する。
「よし、じゃあ後夜祭に行こうか！　去年は行かなかったから今年こそ！」

　後夜祭では生徒会が作った特設会場で、歌やダンス、漫才に落語や大道芸と、毎年いろいろなことを生徒がやっていると鬼龍院くんから聞いた。

　去年もかなり盛り上がったみたいだし、楽しみだなぁ！
「その前に、近衛くん、一色くん、ちょっといいかい？」

　グラウンドに行こうとしたら、鬼龍院くんが私と彼方を呼び止めた。
「え？　鬼龍院くんどうかしたの？」
「いや、ちょっと君たちに渡したい物があってね」

　渡したい物……？
「どうかこれを受け取ってくれ」

　鬼龍院くんが彼方に手渡した物、それは私たちがよくミーティングしていた空き教室の鍵だった。

　文化祭当日になり、もう使うことはないだろうと鍵がかけられた空き教室。

　そこの鍵を、なんで鬼龍院くんが……。

「……鬼龍院、これ」
 手渡された彼方は、どうすればいいかわからないとでも言うようにその場に立ち尽くす。
「これはちょっと生徒会から借りてきただけだ。……君に預けるから、好きに使うといい」
「……そっか、わかった」
 彼方のその言葉を聞いて、鬼龍院くんは私のほうを向いた。
「近衛くん、ここなら誰かが来る心配もないし、ゆっくり2人で話ができるはずだ」
「あら、あなたもたまには役に立つことをするじゃない」
「ああそうだろう！　たまには僕も……って、たまにじゃなくて、いつも僕は役に立つことしかしてないだろう!?　君は邪魔しかしていなかったがな、月城くん」
「なっ、う、うるさいわね！」
 ぷいっと頬を膨らませて、そっぽを向いてしまうセレナちゃん。その姿もまた可愛らしい。
「まあとにかくだ、よかったら、この鍵を有効活用してくれたまえ！」
 ニコッとした笑顔には、私と鬼龍院くんが初めて話したときのような威圧感はどこにもなくて……。
「鬼龍院くん、ありがとう」
「俺からも、その、ありがとう」
「お礼なんていいんだ。だって僕は君たちに大切なことを教わったからね。これはそのお返しだと思ってくれ」

「大切なこと?」
　私が聞くと、鬼龍院くんはやわらかな笑顔で答えてくれた。
「僕はね、近衛くん。最初はずっと君の1番になりたいと思っていたんだが……今はそんなことよりも、近衛くんの幸せだけを願っているんだ」
　1番という数字が全てだった。
　1番という言葉にだけすがりついていた。
　そんな彼の面影(おもかげ)は、もうどこにもなかった。
「一色くんに学年1位を取られたときは本当に悔しかったし、正直、もう自分には何もないと本気で思い込んでいたんだ。でもっ……」
　真っ直ぐに私を見つめながら、鬼龍院くんは言葉を続ける。
「近衛くんと出会えて、僕はやっと1番よりももっと大切なものがあると知ることができたんだ。一色くんも、数字ごときで自分の価値は決まらないと言ってくれたことを、僕は絶対に忘れない」
　そう言った鬼龍院くんの目は、少し潤(うる)んでいた。
「だから近衛くん、一色くんも、僕と出会ってくれて本当にありがとう。1番だなんて決められない、こんなにも素敵な気持ちがあると教えてくれてありがとう」
　その言葉に、「こちらこそ」と私は返す。
「私も鬼龍院くんと出会えてよかった。もちろんセレナちゃんにも……本当によかった」

辛いこともあった。

　苦しくて泣いてしまったこともあった。

　それでも……。

「私にとってこの出会いは、何にも変えられない、かけがえのないものだから」

「……柚月、さんっ」

　セレナちゃんも鬼龍院くんと同じように目を潤ませ、「その言葉、そっくりそのままお返しするわ」と、優しい笑顔を浮かべた。

「……鬼龍院」

　ふと、彼方がその名前を呼ぶ。

　名前を呼ばれた鬼龍院くんは、ゆっくりと彼方のほうを見た。

「俺も、鬼龍院にはいろいろと迷惑かけた。……この鍵も感謝してる」

　彼方のその言葉を聞いて、鬼龍院くんの笑顔がスッと真剣な表情へと変わる。

　そのまま真っ直ぐに、鬼龍院くんは彼方を見据えた。

「迷惑をかけたと思っているなら、約束してくれ、一色くん。……今度こそ、近衛くんの手を絶対に離さないと。彼女が辛いときは絶対にそばにいると」

　鬼龍院くんの言葉に、ゆっくりと彼方は頷いた。

「ああ、約束する」

　ドクンと大きく私の胸が波打つ。

　ど、どうしよう。私、どんな顔をしていれば……あうぅ、

顔が熱い……。
「その言葉を聞いて安心したよ。……でも、2人ともが辛いときは、ぜひ僕を頼ってくれ。君たちの力になると僕も約束しよう!」
「そ、それなら、わたしも頼ってもらってかまわないわ! なんていったって柚月さんの友達なんだもの!」

2人は腕を組み、どんと胸を張る。

ああもう本当に、頼もしい2人だな。

「じゃあそのときは、よろしくお願いします」
「俺からも、よろしく頼む」

そのとき、後夜祭が始まる合図の音楽が学校中に響き渡った。

「っと、そろそろ時間だな。僕は生徒会の仕事がまだ残っているから、もう行かなければならないんだ」

これから行われる後夜祭は、運営と管理を全て生徒会が担っているので、鬼龍院くんも行かなければならないのだろう。

続いてセレナちゃんも「じゃあわたしも、仕方ないからこの場は引いてあげる」と、フンと鼻を鳴らす。

そして最後と言わんばかりに、鬼龍院くんとセレナちゃんは私たちを真っ直ぐに見つめた。

「では近衛くん、一色くん、2人の時間を満喫してきたまえ!」
「一色彼方、今度柚月さんを泣かせたら絶対に許さないから! 柚月さんも、この月城セレナがついてて幸せになら

ないなんてありえないんだからね!!」
　何度、背中を押されただろう。
「鬼龍院くん、セレナちゃん」
　何度、私は心配をかけてしまったんだろう。
「私、頑張ってくるね！」
　何度、私は2人の言葉に救われただろう。
　2人に出会えてよかった。
　2人と話ができてよかった。
　ありがとう。心からそう思うんだ。
「俺も、頑張ってきます」
　私と彼方の言葉を聞いた2人は、満足そうな表情で私たちに背を向けた。
「じゃあ行こっか、柚月」
「うん！」
　こうして私は、彼方と2人手を繋いで、空き教室へと向かったのだった。

「彼方、大好き」

　空き教室の中へ入ると、外から後夜祭の歓声や司会者と思われる人の声が聞こえてきた。
　窓に近寄るとちょうどグラウンドに面していて、バッチリ後夜祭の様子も見ることができる。
　去年は見られなかったから、ここからでも覗けてよかったな……。
「なに見てるの？」
「ほら、後夜祭。ここからだとよく見えるから」
「本当だ。みんな、楽しそうだね」
　空はもうオレンジ色で、すぐに暗くなってしまいそうだ。
　後夜祭は６時までには終わるはずだから、私たちもそれくらいまでには教室に戻らないといけない。
　約１時間と30分。
　時間はまだたっぷりある。
「……柚月」
　私の名前を呼んで、そっと彼方は私を後ろから抱きしめた。
　耳元に唇が寄せられ、彼方の吐息が当たってくすぐったい。
「柚月、あったかい」
「彼方、寒いの？　大丈夫？」
「うん、大丈夫」

スリスリと私にすり寄り、そのままの態勢で彼方は私に話しかけた。
「それで、さ……俺に言わなきゃいけないことって、なに？」
「え、えっとそれは……」
　あ、まずいぞ、すごく緊張してきた。
「ちょっと待ってね。と、とりあえず落ち着くから」
　どうしよう、心臓のバクバクがおさまらない。
　でも、ちゃんとこの気持ちを伝えなきゃ。
　彼方に伝えなきゃ。
「か、かか、彼方！」
「落ち着いて、柚月。ゆっくりでいいから」
　よしよしと私の頭を撫で、落ち着かせてくれる彼方。
　その手が心地よくて、つい身を任せてしまいそうになる。
「うぅ、ごめん彼方。私ってば緊張するとすぐに変なしゃべり方になっちゃうし、彼方の顔とか見れなくなっちゃうから……ああもう、落ち着け、私！」
「柚月、別に無理してこっち向かなくてもいいよ。なんならこのままでも……」
「そ、それは嫌だ！」
　勢いに任せて彼方のほうを向く。
　身体が離れちゃったのは、この場合はもう仕方ない。
「ちゃんと、彼方の顔を見て言いたいの！　ちゃんと彼方に、この気持ちを伝えたいから」
　緊張してうるさいくらいに音がする胸を、無理やり手で押さえる。

「彼方だって、私の顔を見ながら気持ちを伝えてくれたから。私だってそうしたい」
「柚月……っ」
　ここまで来るのに、どれほどの時間がかかったのだろう。
「……私ね、最初彼方に告白されたとき、1番に思ったのは"幼なじみの関係を壊したくない"ってことだった」
　前に進むのが怖かった。
「居場所を失いたくなかった。ただそれだけだった」
　彼方に置いていかれるのも怖かった。
「でも、今はもう違うの」
　彼方の隣にいるだけじゃ、もう私は満足できないから。
　だからこれからは一緒に、2人で前に進んでいきたいんだ。
「居場所なんてもういらないから。私は、彼方の全部が欲しい」
　こんな欲張りな私を、どうか許してね。
「……うん。俺も、柚月の全部が欲しい」
　ゆっくりと、彼方が私の頬に触れる。
「俺の全部をあげるから、柚月の全部が欲しい」
「じゃあ、私の全部をあげるから、彼方の全部を私にくれる？」
「もちろん」
　頬に触れた彼方の手に自分の手をそえる。
　この約束だけで、私たちの関係なんて決まったようなものだけど……。

「……彼方」
　私はまだ、1番肝心なことを彼方に言ってはいないのだ。
「なに、柚月？」
　ふうと大きく息をはく。
　そして——

「彼方、大好き」

　彼方の顔を見てはっきりと、私はその言葉をやっと口にしたのだった。
「……俺も……俺も、柚月が大好き」
　今にも泣き出しそうな嬉しそうな顔で、彼方はコテンと私のおでこに自分のおでこをくっつける。
　うわわっ、顔近い……。
「彼方っ」
「どうしよう、柚月に好きって言ってもらえて……なんかもう嬉しすぎて、本当にどうしよう」
「だ、大丈夫？」
「大丈夫じゃない、かも」
　窓の外ではまだまだ後夜祭は続いているが、こんな状況じゃあどちらも落ち着いて後夜祭を見ることはできなそうだ。
　まあ、来年もまたあることだし。
「柚月、好き……本当に大好き」
「ふぁっ」

ツーッと彼方の指先が私の首筋を上へと撫でていき、ゾクリとした感覚が身体中を走る。
　そのままその指先は、私の唇をふにふにとつついた。
「……キス、してもいい？」
「っ!?」
　キ、キキキ、キスっ!?
　彼方のひと言で私の体温がさらに急上昇したことは、言わなくてもわかるだろう。
「……ダメ？」
「ダメってわけじゃないけど……そのっ……」
「じゃあ、してもいい？」
　甘えるような声で、顔で、私をじっと見つめる。
　……そりゃあ私だって、彼方と、キ、キス……したいし。
　また心臓が緊張でバクバク鳴り出したけど、ここは踏ん張りどころだ。
「が、頑張る!!」
「すごい気合いの入れようだね」
　ふふっと彼方は私を見て笑った。
　そのまま私の顎に指をそえ、くいっと少しだけ顔を上に向かせる。
　バッチリと彼方と視線が合ってしまい、私の緊張は最高潮に達した。
「うっ、うぅぅっ」
「うなってるところ悪いんだけど、俺も余裕ないんだ……だから、しちゃうね」

「ふへ……んっ!」
　チュッと、やわらかいものが私の唇に触れる。
　それは一瞬のように感じられたし、ものすごく長い時間のようにも感じられた。
「……柚月」
　触れた瞬間に閉じた目をなかなか開けることができなかった私は、名前を呼ばれてやっと目を開ける。
　ゆっくりゆっくりと視界が開けて、その私の目には、本当に余裕のなさそうな彼方が映りこんだ。
「もう1回、していい?」
「ふぁ!?」
　もう1回!?
「……っうん」
　頷くと彼方は優しく微笑んで、チュッと、今度は角度を変えて私にキスをした。
　最初はついばむように、気づくとそれはだんだんと深くなっていって……。
「んっ、ふぁ……かなっ、ん」
　ぎゅっと彼方の制服をつかむ。
　頭、ふわふわしてきた……。
「柚月、柚月」
「ふぇ?」
　気づくと、彼方が心配そうに私の顔を覗き込んでいた。
「ごめんね、なんか、本当に余裕なくて。とりあえずいったん休もっか」

なんで彼方が謝るのか。
　なんでいったん休むのか。
　……やめてほしく、ないな。
「……かな、た」
「ん？　なに？」
「やめちゃ、やだっ」
「え」と声を漏らして彼方は目を丸くする。
　そんな彼方の反応を見て、ぼーっとしていた頭がだんだんと正常に戻っていき……。
　って、私ってばなに言っちゃってるの!?
「あああ、違うの、彼方！　いや、違ってはいないんだけど！　今のはその、えっと、だって……だってキス気持ちよくて！」
　その瞬間、彼方も固まる。私も固まる。
　私いったい今何を……!?
「……へぇ、気持ちよかったんだ」
「っ!?」
　今度はニヤリとした笑顔で私の顔を覗き込む彼方。
　私は何も言い返すことができず、というか言い返そうとしたらまた余計なこと言っちゃいそう……。
「でも、やめてほしくないって言ってくれるなら……遠慮なく」
「んっ」
　何度目かのキスをする。
　深くて甘いその口づけに、身体中が痺れたような感覚に

なってしまう。
「……っ、……ゆづ、きっ」
　口から漏れる彼方の色っぽい声に、カァッと私の体温が上昇した。
　唇が離れると、彼方も私と同じように息が上がっているようで……。
「柚月っ、んぅ」
「ひぁ」
　首筋にもキスを落とされ、もうどうしようもないくらい身体が熱くて……。
「……ダメだよ柚月、そんな声出したら余計にやめられなくなっちゃうでしょ」
「だ、だって勝手に声が出ちゃっ、んぅっ」
　もう一度だけキスをして、彼方は私から顔を離した。
「これ以上したら、本当にやめられなくなっちゃいそうだから……まあ、これからは何度でもしてあげられるし……これ以上のことも、ね？」
「へ？」
　これ以上のことって……。
「今、想像しちゃった？」
「あぅっ!?」
「すごい顔真っ赤……ダメだな、柚月が可愛すぎて、ついいじめたくなっちゃう」
「ひゃう!?」
　スリッと耳を撫でられて、身体がビクリと大きく跳ねた。

「やっぱり耳苦手なんだ」
「いきなり触るのはダメだってばっ!」
「いきなりじゃなかったら、いいの?」
「そ、そういうわけでもなくて!」
「ごめんごめん、ちょっとからかいすぎちゃった」
　よしよしと頭を撫でた後、ぎゅっと私を抱きしめた。
「好きだよ、柚月」
「……うんっ」
「今までもこれからも、ずっと、大好き」
「わ、私、も……だから」
「うん……ありがとう、柚月」
　それから私と彼方は抱きしめ合って、また何度かキスをして……。
　気づくと後夜祭は終わっていて、やっぱりあんまり見られなかったなと思いながら、私と彼方は教室へと戻ったのだった。

「──き、……柚月」
「……んっ?」
　うっすらと目を開けると彼方がいて、窓の外を見ると、もう朝になっていた。
　今日は学校全体で文化祭の片づけを行うことになっている。
　これが終われば、本当に文化祭実行委員としての仕事は全て終わりだ。

「寝癖ついてる。可愛い」
　私の整っていない髪の毛を、彼方はちょんちょんとつまむ。
　今日も迎えに来てくれたんだろう。彼方はもうバッチリ制服を着ていた。
「彼方おはよう……ふぁあ」
「おはよう柚月。あ、ちょっとこっち向いて」
「んん？」
　寝ぼけた頭のまま、言われたとおりに彼方のほうを向く。
　そしたらふにっと彼方は私にキスを……。
「っ!?」
「おはよう、柚月」
「お、おお、おはよう彼方！　ってそうじゃなくて、い、今!!」
「しっかり目が覚めたようでよかった。じゃあ外で待ってるね。それとも……着替え、手伝ってあげようか？」と囁きながら、私のパジャマのボタンにそっと指をかける。
「け、けけ、結構です!!」
「そう？　残念」
　そんなことを言い残して、彼方は私の部屋から出ていった。
　こ、これから毎日、こんなふうに朝起こされるのかな、私。
　……ちょっといいかも、なんて。へへ。

「彼方ごめん、待たせちゃって！」
「ううん、朝１番で柚月の可愛い顔が見れたから」

「か、かわっ!?」
「本当、柚月ってすぐ顔真っ赤になるよね」
　そんな会話をしながら、いつもどおり彼方と一緒に学校へ行く。
　いつもと違うのは、私と彼方が『恋人同士になった』という点だろう。
　ただの幼なじみだった頃と恋人同士になった今、いつもどおりの日常でも、それはかなり違うものに見えてくる。
「柚月」
「なに？」
「手、繋いでもいい？」
　なんて言いながら、彼方は私の返事を聞く前に手を繋ぐ。
「へ、返事する前に握ったら、聞いた意味がないと思うんだけど……」
「嫌ならほどいていいよ？」
「……嫌じゃないです」
　繋がれた手はいわゆる恋人繋ぎというやつで、見ると彼方はとても嬉しそうにしていて……。
「おやおやこれは、朝から見せつけてくれるじゃないか!!」
「本当に朝からお熱いこと!!」
　思わず「へ？」と間抜けな声を出してしまう私。
　声がしたほうを向くと、そこにはもちろん……
「おはよう、近衛くん、一色くん！」
「ごきげんよう、柚月さん！　……あとまあ、ついでに一色彼方にもごきげんようと言ってあげなくもないけれど」

いつもの2人がいた。
「おはよう、鬼龍院くんとセレナちゃん!」
「おはよう……で、なんでここに君たちがいるの?」
　ちょっと呆れたように、彼方は2人のことを見た。
「なんでって、一緒に登校したかったからに決まっているだろう!!」
「わたしもよ!　1人で登校なんて寂しいんだもの!!」
　バーン!と効果音がつきそうな感じで、2人は腕を組んでなぜかドヤ顔をしている。
「普通ここは気を遣って、柚月と2人っきりにさせてもらえるところじゃ……」
「甘いな、一色くん。昨日の帰りは2人きりにさせてやったんだし、それで満足したまえ!!」
「四六時中、ずっと柚月さんと2人きりでいられるなんて思ったら大きな間違いよ!!　そんなことを、この月城セレナが許すと思っているの!?」
「……はぁ」
　ため息をつき、どうしようと頭を抱える彼方。
　そんな彼方を「まぁまぁ」と言って私はなだめた。
「せっかくだし、ここはみんなで行こうよ」
「……2人きりがよかった」
「大丈夫だって!　これからもずっと一緒にいるんだし、2人っきりになれる時間なんていくらでもあるって!」
　そう声をかけた瞬間、鬼龍院くんとセレナちゃんは身体を固まらせ、彼方は目を輝かせて私を見上げた。

ん？　みんなどうしたの？
「これからもずっと一緒にいるんだし、なんて……ははっ、聞いたかい、月城くん」
「バッチリ聞いたわ。聞いてしまったわ！　くっ、一色彼方……うらやましい男！」
　うぅっと胸を押さえ、その場にうずくまる２人。
　そんな２人を無視して、彼方は私をじっと見つめた。
「そうだね柚月。これからもずっと、一緒にいられるんだよね」
「もちろんだよ！　どうしたの、今さら？」
「……ただ、嬉しくて。それだけ」
　ちょっと泣きそうになりながらも、彼方は「じゃあ行こっか」と、まだ繋がれていた私の手をきゅっと握り直した。
　まるで、もう絶対に離さないとでも言うように。
「いやいやいや！　行こっかじゃないよ、一色くん！　僕たちを置いていく気かい!?」
「鬼龍院司、あなたはそこで、地面にはいつくばっていればいいじゃない。その間にわたしは柚月さんの隣を……」
「あ、こら、抜け駆けはずるいぞ、月城くん!!」
「うるさいわね！　って、あなたこそ私より前に出るのはやめてくれるかしら!?」
「フン、月城くんの言うことに僕がおとなしく従うわけがないだろう!?　さあ今すぐそこをどきたまえ!!」
「絶対に嫌よ！　あなたみたいな人を柚月さんに近づかせるわけにはいかないわ!!」

またキーキーとケンカが始まってしまい、彼方はまた呆れたようにため息をついたのだった。

（あるところに、素直になれない女の子がいました）
　彼女は自分の気持ちを伝え、大切な友達ができました。

（あるところに、1番になりたかった男の子がいました）
　彼は1番になるよりももっと大切な、かけがえのないものを知ることができました。

（あるところに、全てを諦めた男の子がいました）
　彼は大好きな彼女のために、怖くても、前に進むことを選びました。

（あるところに、1人ぼっちが嫌で、寂しくて、辛くて、もうどうしようもなくて）

　それでも

（優しさに支えられながら、自分自身と向き合った女の子がいました）

　感謝してもしきれなくて、何度ありがとうと言っても足りないくらいの勇気を、私はみんなにもらった。
　今、隣にいてくれる彼方にも……。

見ると、鬼龍院くんとセレナちゃんのケンカはまだまだ終わりそうになくて、それを遠目で見守っている彼方が隣にはいた。
　最初はただの幼なじみで、一緒にいられればそれだけで満足だった。
　でも彼方に告白されたあの日から、少しずつその想いは変わっていって……。
　ねぇ彼方、今度は私から彼方に、『大好き』って気持ちをたくさん、これでもかってほど伝えていくから。
　だからどうか、この手を離さないでいて。
「柚月、もう２人で行こうか」
「え？　でも……」
「こら、待ちたまえ！　僕たちを置いていくなと言っているだろう!?」
「待ちなさい、一色彼方！　行ってもいいけど柚月さんを置いていきなさい!!」
「ごめんね、２人とも」
　グイッと、彼方は私の肩を抱き寄せた。
「柚月は絶対に誰にも渡したくないんだ。ね、柚月？」
　チュッと、鬼龍院くんとセレナちゃんが見ている目の前でおでこにキスをする。
「っ!?　彼方!?」
　突然の出来事に、鬼龍院くんとセレナちゃんは、ポカンと口を開けていて……。
　その後すぐに、

「そういうのは僕たちのいないところでやってくれ!!」
「これにはさすがに鬼龍院司に同意するわ!!　って、だからといってわたしを置いていくのはやめなさい!!」
「あ、こら月城くん、だから抜け駆けはずるいと……！」
　2人はどこか楽しそうな顔をして、私と彼方の後を追う。
　ふと見ると、彼方も彼方でどこか楽しそうな表情をしていて、私もみんなにつられて自然と顔がほころんだ。
「ねぇ、彼方」
「なに？」

　——私の幼なじみの話をしようと思う。

　私の幼なじみはよく寝坊をしていた。
　私の幼なじみはかなりの面倒くさがりやだった。
　私の幼なじみは、なんというか、何事に対しても全力で無気力……だった。
　そんな幼なじみは、もうただの幼なじみではない。
　優しくて、心配性で。

「ううん、その……大好きだなーって思って」
「うん。俺も、柚月が大好き」

　私の大好きで、かけがえのない人なんだ。

【END】

☆
 ☆
☆
 ☆
番外編

君と紡ぐ未来のお話

『——どんな彼方だろうが、私は彼方と一緒にいる！　絶対にどこにも行かないから！』

　今よりもずっと小さな手が、俺の震えている手を握りしめる。

　ああそうだ、これは俺と柚月が小学生の頃の思い出だ。

　周りの全てに押しつぶされそうになって、身動きが取れなくて、もうどうしようもなかったあのとき。

　結局全てを諦めてしまったけれど、それでも柚月がそばにいてくれたから。

　だから……。

「う～ん、うぅ～」

　頭を抱え目の前の問題集と睨み合っている柚月。

　そんな姿でさえ、本当に可愛いなと思う。

「えっと、これがこうで……どうだ！」

「うん。途中の式もちゃんと合ってるし、これなら明日のテストも大丈夫じゃないかな」

「本当!?　うーん、でもまだ不安だからもうちょっとだけやろうかな……」

　真剣な表情で、柚月の視線がまた目の前の問題集に移される。

　もうちょっとこっちを見てほしいんだけど、柚月は頑

張っているんだから邪魔してはダメだ。
　……ダメだと、ちゃんとわかってはいる。
　だけど今は２人きりなんだし、少しくらい柚月に触れたいなぁなんて……。
「……」
　ああ、うん、黙々と勉強してるな、柚月。……仕方ない、ここは我慢するか。
　そんな気持ちを抱えながら、俺は自分の隣にいる"恋人"の姿を見つめた。
　柚月とやっと想いが通じ合えたあの文化祭から、まだそんなに日にちは経っていない。
　しかも楽しい楽しい文化祭の後は期末テストが待ちかまえており、今は絶賛、俺の部屋……しかも２人きりで勉強中というわけだ。
「ふぁっ」
　口に手を当て、柚月は眠たそうにあくびをする。
「疲れた？　大丈夫？」と聞くと「んー……ちょっとだけ疲れたかも」という答えが返ってきた。
「疲れたなら休憩しよっか。あんまり根をつめてもよくないし」
「じゃあ、お言葉に甘えてそうしようかな」
　……うん、よし。
　柚月がペンを置いたと同時に、柚月との距離をグッと縮める。
　そのことに気づいた柚月はビクッと肩を振るわせ、

「ふぇ!?」と可愛らしい声をあげた。
「か、彼方?」
「ごめん柚月。勉強中は邪魔しちゃダメだと思って我慢してたんだけど……今なら、いいかなって」
「え、あ、えっと……そのっ」

　正直、テスト期間に入ってから、ろくに柚月と恋人らしい触れ合いをしていない。

　柚月には勉強にちゃんと集中してほしいって気持ちもあるし、でもやっぱり……。
「ダメ?」
「あ、あの、か、彼方」

　きゅっと、俺のセーターの端を指先でつまむ。

　真っ赤な顔をしておまけに上目遣いで、柚月はこちらをじっと見つめてきた。
「テストあるし、彼方もその、勉強とか集中したいだろうなって思って……でも、あの……よ、よかったら私も彼方ともっとくっつきたいというか、キ、キス……とか」

　最後のほうはほとんど聞き取れないくらいの大きさで、恥ずかしそうにこちらの様子をうかがう柚月。

　……ああもう、こんなことをされてしまうと、本当に我慢しようなんて気持ちは粉々に砕けてしまうわけで。
「柚月も同じこと思ってたんだね」
「そ、そうみたい……だね」

　えへへと無邪気に笑う柚月を、じゃあ遠慮なくと後ろから抱きしめた。

やわらかくて温かくて、本当にずっとこうしていたくなる。
「……柚月」
「んっ」
　耳元で名前を囁くと、ふるっと身体を震わせ声を漏らす。
「キス、してほしい？」
　聞くと、柚月は小さく頷く。
「頷くだけじゃなくて、ちゃんと言葉で言ってほしいな」
「えっ」
　顔を真っ赤にしたまま硬直した柚月は、「うっ、あぅ、あうぅ」と口をパクパクさせていて……ああもう本当に可愛い。
「か、彼方のいじわる！」
「柚月が可愛いのが悪いの」
「かわっ……うぅぅ」
　恥ずかしさで限界を迎えてしまったのか、顔をうつむかせてそのまま動かなくなってしまう。
　……しつこいようだけど、本当に可愛い。
「彼方……っ」
　ゆっくりと顔を上げ、俺の目をじっと見つめた。
「キ、キス、してほしい……な」
「ごめん、よく聞こえなかったからもう１回言ってもらってもいい？」
「ふぁ!?」
　俺の言葉に目を丸くさせ、また口をパクパクとさせてい

る柚月。
「彼方っ」
　そんな涙目で睨んだって逆効果なんだけどなぁ……。
「ほら柚月、言わないとしてあげないよ？　それともしたくない？」
「う、うぅ～っ」
　勉強しているときとはまた別のうなり声をあげ、そして意を決したように柚月はぎゅっと拳を握りしめた。
「彼方、あの、キ、キスしたい、です！」
「はい、よくできました。俺の膝(ひざ)の上においで」
　柚月の身体を少し抱え自分の膝に乗せる。
　左手を腰にそえ、右手で柚月の頭を優しく撫でた。
「ちゃんと言えたご褒美(ほうび)に、どんなキスがいいか聞いてあげる」
「ど、どんなって言われても……」
「いつもしてるキスか、いつもよりもっと甘いキスか……それとももっと激しいほうがいい？」
「ふぇ、あ、あのっ、彼方の好きにしてもらって……私は別に……」
　俺の好きに、ねぇ……。
「ダメだよそんなこと言っちゃ。……キスだけじゃ、止まらなくなる」
　グッと顔を寄せ、柚月のやわらかい唇に自分のを寄せる。
「ん……かな、たっ」
　待ち望んだかのように、俺に全てを任せるように、柚月

の身体から力が抜けるのがわかった。
「もっと欲しい?」
「……っ」
こくっと小さく顔を縦に振る。
それとほぼ同時に、俺はもう一度柚月の口を塞いだ。
「ん……んうっ……」
うっすらと目を開けると、とろんとした顔をしている柚月が目に映る。
その柚月を堪能した後、もうこれ以上はまずいと思い、俺は柚月から顔を離した。
「……っは、柚月」
「かな、た」
まだ物欲しそうな顔をしている柚月を見て、自分の理性がぐらりと大きく揺れるのがわかった。
でもここが踏ん張りどころというか、ここで踏ん張らなければ、なけなしの理性まで砕け散ってしまうというか。
「また今度してあげるから、そんな顔しないでよ」
「そんな顔?」
……無自覚かぁ。
「いや、やっぱなんでもない。とりあえず、もうちょっとこのままでいてもいい?」
「うん、私ももうちょっとくっついていたい……かな」
今度は柚月も、俺の背中に腕を回してくれる。
温かくて心地よくて、そのままゆっくりと目を閉じる。
「柚月、大好き」

「うん、私も……大好き」
　こうして、愛しい時間だけが流れていった。

　──ざわざわと騒がしい生徒たちの目の前には、この前の期末テストの順位が発表されていた。
　柚月はとりあえず「全教科平均点以上！　やったー！」と喜んでいたので、勉強を教えた側である俺自身もとりあえずは一安心だ。
「……あ」
　順位の結果を見て、隣で柚月がそんな声を漏らした。
　そっか、今回も結構自信はあったんだけど……２位、か。
「一色くん！」
　名前を呼ばれそちらを向くと、どこか落ち着かない様子の鬼龍院がそこにはいた。
「あ、あの、一色くん。今回は、その……」
「別に手を抜いたりとかしてないから安心してよ。ちゃんと全力でやったから」
　今回の順位は、俺が２位で鬼龍院が１位だった。
　点数差はほんのごくわずかだとしても、鬼龍院が１番だということは明確な事実である。
「この結果は鬼龍院の実力と努力の結果だから。素直に喜んどきなよ」
　俺がそう言い終わると、鬼龍院は目を瞬かせ……。
「ふ、ふははは！　そうか、そうだな！　これは僕の実力であり努力の結果……まあこの鬼龍院財閥の跡取りである

この僕にとって、当然の結果だがな！」
　と、いつもの調子に戻り、なぜかホッとしている自分がいた。
「いやな、じつは今回"努力する理由"というのを作ってみたんだ！」
「努力する理由？」
　柚月がこてんと首を傾げる。
　鬼龍院の目の前でそんな可愛い仕草しないでほしいと思うあたり、俺はまだまだ心が狭いヤツだ。
「学年1位になれたら近衛くんに褒めてもらえる！　それを目標に頑張ってみたんだ‼」
　……前言撤回。
　こいつの視界に柚月を入れさせないようにしなければ。
「お、おいこら一色くん！　なぜそこで近衛くんを背中に隠す⁉」
「柚月、こいつとそんな約束したの？」
「し、してはない……かなぁ？」
「別にいいだろう褒めてもらうくらい！　一色くんは本当にケチだな‼」
　そんな鬼龍院との会話を、周りにいる生徒たちは「またやってるよ、あいつら」と微笑ましそうに眺めている。
　ちなみに俺と柚月の関係が、ただの幼なじみじゃなくなったことは、文化祭の次の日にはすぐにバレて、今や周知の事実となっていた。
　むしろ「やっとお前らくっついたの⁉」と言われたほど

だ。
「で、でも１位だなんてやっぱりすごいよ、鬼龍院くん！　彼方もほとんど満点に近かったし、２人とも本当に頭いいなぁ……」

　柚月の言葉を聞いて、鬼龍院は「近衛くんにすごいって言われた!!」とガッツポーズをしている。

　ああもう、柚月ってば……。

　そういうのは俺にだけでいいのに。

「あら、騒がしいと思えばあなただったのね、鬼龍院司。あとついでに一色彼方も」

　……また癖の強いお方が来てしまった。

「どうも、月城さっ――」

「ごきげんよう柚月さん！　じつは駅前に美味しそうなケーキ屋さんができたんだけど、お店の中でそのまま食べられるらしいの！　その……でね、今度よかったらわたしと一緒にいかがかしら？」

　俺の挨拶を遮るかたちで、月城さんが柚月に駆け寄る。

　柚月も柚月で「ケーキ！　うん、一緒に行きたい！」なんて約束を取りつけてしまっていた。

　……俺も柚月と一緒にケーキ食べに行きたいんだけど。

「ということだから。まさか女同士の友情を邪魔するようなことはしないわよね、一色くん？」

　フンと得意げにニヤニヤしながらこちらを見る月城さん。

　最近、女友達という立場を頻繁に利用してくるから、こ

の人も本当に侮れない。
「くっ、２人きりでケーキなどうらやましすぎるぞ、月城くん！」
「フンッ！　せいぜいそこで指をくわえて、手も足も出せずに悔しがっていればいいんだわ!!」
　鬼龍院と月城さんの言い争いももう見慣れたもので、柚月は１人で「どんなケーキがあるのかなぁ」なんてのん気なことを言っている……。うん、そんな柚月も好きだけど。
「じゃあ柚月さん、ケーキ楽しみにしてるわね！　……あと一色彼方、柚月さんを自分だけのものだなんて思うのはお門違いよ。嫉妬心丸出しにしちゃって、まったく！」
　月城さんに言われ、初めて自分が嫉妬していることがそんなに顔に出ていたのかと気づかされる。
　柚月のこととなると、どうも昔から歯止めがきかないというか……。
「まあ柚月さんとの予定も無事確保できたことだし、今日はこれくらいで勘弁してあげるわ。じゃあね、柚月さん。また帰りにお会いしましょう！」
「うん、セレナちゃん、また後でね！」
　ちょっと待って。
　帰りもついてくるつもりなの、この人。
「もちろん僕も一緒に帰るがね!!」
　なんて、鬼龍院までもが胸を張って宣言した。

　……その後本当に、帰りは鬼龍院と月城さんを含めた４

人で帰ることとなった。
　そんな2人も、俺と柚月の家の前になると……。
「くっ、もっと一緒にいたいけど今日はここまでね……ということで柚月さん、また明日！」
「ではな、近衛くんに一色くん、また明日会おうじゃないか！」
　なんて言いながら去っていった。
　こうしてやっと俺は、柚月と2人きりになることができたのだった。
　……さて、鬼龍院と月城さんは、きっと柚月と俺がここで別れると思い込んでいるに違いない。
　だが今日は、今日だけは違うのだ。
「じゃあ、えっと……いらっしゃい、彼方」
「おじゃまします」
　靴を脱いで上がり込んだのは柚月の家だ。
　じつは今日、俺の両親が仕事で遅くなるのと、柚月のご両親も同じく仕事で遅くなるということで、それなら2人で晩ごはんを食べようかという話になったのだ。
「よし、えーっとじゃあ……とりあえず、ごはんの準備始めちゃうね！」
　そう言いながらエプロンを着て、柚月が冷蔵庫の中を探る。
「俺も手伝わなくて大丈夫？」
「大丈夫だから、彼方はソファーでくつろいでて！　あ、テレビとか好きに見てもらっていいから！」

柚月の言葉どおり、おとなしくしていようとソファーに座り、柚月を眺める。
　エプロン姿で食材を並べながら、手際よく準備をすませていくその姿はまるで……。
「……なんだか、俺の奥さんみたい」
「ひゃい!?」
　ボソッと呟いたつもりだったのだけれど、どうやら柚月に聞こえてしまったらしい。
　顔を真っ赤にして勢いよく振り返った。
「あ、あぅ、あぅあぅ」
「柚月、言葉になってないよ」
「だ、だって……！」
　近づいて、エプロン姿の柚月を後ろから抱きしめる。
「彼方、これじゃあ料理できないっ」
「ちょっとだけ。ちょっとだけだから。……そういえば、今日は何を作るの？」
「今日は、あの……ハンバーグを作ろうかと、思って」
　……ハンバーグって俺の一番好きな料理なんだけど。
「はぁ……柚月、本当に大好き。こっち向いて」
「ふぇ、ん！」
　チュッと軽く口を塞ぐ。
　好きって気持ちが溢れすぎて、なんかもう、おかしくなりそう。
「か、彼方っ」
「……ねぇ柚月、俺、今すっごく幸せ」

こうして柚月と一緒にいられることができて、抱きしめることができて、おまけに料理まで作ってもらえて。
「柚月に好きって伝えてよかった」
　ちゃんと自分の気持ちを言ってよかった。
　幼なじみの関係を壊すことは本当に怖かったけど、今でもこうして柚月のそばにいることができて……俺は幸せものだ。
「……で、でも私、最初は自分勝手に彼方のそばにいたから……このまま彼方のそばにいることは許されないって思ってた」
　ぎゅっと、柚月は自分の身体に回された俺の腕を握る。
「私の本心を知ったら、そんなわがままな一面を彼方が知っちゃったら、絶対に私は嫌われるって……」
「そんなことない。それも全部含めて柚月だし、俺はそんな柚月の全部が大好きだから」
「うん、ありがとう。私のことを好きでいてくれて、ありがとう」
　少し顔をこちらに向け、チュッと、今度は柚月のほうから俺にキスをした。
　照れたように顔をほころばせ、にこりと愛らしい笑顔を見せる柚月。
「えっと、じゃあそろそろ料理のほうに戻るね。結構お腹もすいちゃってるし」
「うん。じゃあ今度こそおとなしく待ってるね」
　そうして俺が柚月から身体を離すと、柚月は「よーっ

し!」と声を出しながらグッと拳を作って気合いを入れる。
「頑張ってハンバーグ作るから待っててね!　えーと、私の未来の旦那様……な、なんちゃって!」
　……その瞬間、その場の全ての時が止まった気がした。
「なんちゃって……あは、あはは……あはは……」
「ねぇ、柚月」
「は、はい?」
　いや、今の不意うちは本当にたまったものじゃない。
「今のもう1回言って」
「ふぁ!?　む、無理無理!　もう1回なんて絶対無理!!」
「もう1回言ってくれるまで、ここで柚月のこと見てるから」
「ええ!?」
　これでもかというほど顔を真っ赤にした柚月。
　あわあわと慌てる姿も、恥ずかしさに悶える姿も、その全てが愛おしくて……。
「あ、あの、彼方っ」
　柚月に好きと伝えなければ、こんな未来はなかっただろう。
　柚月とのこれからも、考えることはなかったのだろう。
『――どんな彼方だろうが、私は彼方と一緒にいる!　絶対にどこにも行かないから!』
　あのとき、柚月がそう言ってくれたから。
　俺を見捨てないでいてくれたから。
「だ、だから、あの、が、頑張ってハンバーグ作るから待っ

ててねって……」
「その後」
「うっ!? そ、その後って……あうぅ」
　困った顔で「うぅ、うぅぅ〜」とうなったあと、とうとう観念したのか、柚月はうつむかせていた顔をそっと上げた。
「だから、えーとっ」
　あの時、好きだと伝えてこの手に握りしめたものは、自分よりも小さな君の手と……。

「彼方は、わ、私の未来の──」

　これから先の、君との未来だったんだ。

【番外編END】

あとがき

はじめまして、こんにちは。みずたまりと申します。

このたびは私の作品をお手に取っていただき、まことにありがとうございます!

数年ぶりに完結できたこの作品が書籍化され、今こうして皆様のお手元にあることを大変嬉しく思います。

この作品は当初から登場人物たちの成長の物語にしようと考えており、柚月ちゃんと彼方くんの恋愛模様だけでなく鬼龍院くんやセレナちゃんの心の変化など、私も登場人物たちと一緒に悩んであがいて書き上げた作品です。

鬼龍院くんがだんだん"1番"という数字よりも"柚月"という1人の女の子のために行動するようになるなど、"心の変化"を描写するのは本当に難しいと感じました。セレナちゃん……は、うん、はい、正直柚月ちゃんへの想いがバレバレでしたね。彼方くんのことが好きだなんて勘違いしたの、きっと柚月ちゃんくらいだと思っています。

そして、柚月ちゃんが『大丈夫』と言えなくなってしまう過程や、今まで柚月ちゃんが溜め込んでいたものを全て彼方くんに暴露するシーンは、書いていてとても辛かったです。

しかし、そんな辛い出来事を乗り越えてこそ最後のハッ

ピーエンドに繋がるのだと思っているので、こちらの書き下ろし番外編のほうでは幸せそうなみんなを書くことができて、とても嬉しかったです。
　作者として「ああ、本当によかったね、みんな」とホッとしました。(鬼龍院くんとセレナちゃんは相変わらず2人の邪魔をしていますが……)

　さて、じつはこの作品、文庫版と野いちごさんの公式サイトのほうで掲載させてもらっているものとは若干異なる部分があります。(鬼龍院くんとセレナちゃんがじつは幼なじみだったりだとか)
　公式サイトのほうでは、こちらにはない番外編も多数掲載しておりますので、興味のある方はぜひそちらもご覧いただけると嬉しいです！

　では、少し長くなってしまいましたが、ここまで読んでくださり本当にありがとうございます。
　読者の皆様、そしてこの作品に関わってくださった全ての人に感謝を。

　もしまたお目にかかる機会がございましたら、そのときもどうぞよろしくお願いいたします！

2018.06.25　みずたまり

この物語はフィクションです。
実在の人物、団体等とは一切関係がありません。

みずたまり先生への
ファンレターのあて先

〒104-0031
東京都中央区京橋1-3-1
八重洲口大栄ビル7F

スターツ出版（株）書籍編集部 気付
みずたまり先生

ケータイ小説文庫　2018年6月発売

『無気力な幼なじみと近距離恋愛』みずたまり・著

柚月の幼なじみ・彼方は、美男子だけどやる気0の超無気力系。そんな彼に突然「柚月のことが好きだから、本気出す」と宣言される。"幼なじみ"という関係を壊したくなくて、彼方の気持ちから逃げていた柚月。だけど、甘い言葉を囁かれたりキスをされたりすると、ドキドキが止まらなくて!?
ISBN978-4-8137-0478-2
定価：本体590円+税

ピンクレーベル

『葵くん、そんなにドキドキさせないで。』Ena.(エナ)・著

お人好し地味子の高2の華子は、校内の王子様的存在だけど実は腹黒な葵に、3ヶ月限定の彼女役を命じられてしまう華子。葵に振り回されながらも、優しい一面を知り惹かれていく華子。ところがある日突然、葵から「終わりにしよう」と言われて…。イケメン腹黒王子と地味子の恋の行方は!?
ISBN978-4-8137-0477-5
定価：本体570円+税

ピンクレーベル

『ごめんね、キミが好きです。』岩長咲耶(いわながさくや)・著

幼い頃の事故で左目の視力を失った翠。高校入学の春に角膜移植をうけることになったものの、ある少年が泣いている姿を夢で見るようになる。ある日学校へ行くと、その少年が同級生として現れた。じつは、翠がもらった角膜は、事故で亡くなった彼の兄のものだとわかり、気になりはじめるが…。
ISBN978-4-8137-0480-5
定価：本体570円+税

ブルーレーベル

『新装版 桜涙』和泉(いずみ)あや・著

小春、陸斗、奏一郎は、同じ高校に通う幼なじみ。ところが、小春に重い病気が見つかったことから、陸斗のトラウマや奏一郎の家庭事情など次々と問題が表面化していく。そして、それぞれに生まれた恋心が3人の関係を変えていき…。大号泣必至の純愛ストーリーが新装版で登場！
ISBN978-4-8137-0479-9
定価：本体590円+税

ブルーレーベル

書店店頭にご希望の本がない場合は、
書店にてご注文いただけます。

無気力な幼なじみと近距離恋愛
2018年6月25日 初版第1刷発行

著 者	みずたまり
	©mizutamari 2018
発行人	松島滋
デザイン	カバー　金子歩未（hive&co.,ltd.）
	フォーマット　黒門ビリー＆フラミンゴスタジオ
DTP	朝日メディアインターナショナル株式会社
編 集	長井泉
	加藤ゆりの　三好技知（ともに説話社）
発行所	スターツ出版株式会社
	〒104-0031 東京都中央区京橋1-3-1　八重洲口大栄ビル7F
	TEL 販売部03-6202-0386（ご注文等に関するお問い合わせ）
	http://starts-pub.jp/
印刷所	共同印刷株式会社
	Printed in Japan

乱丁・落丁などの不良品はお取り替えいたします。上記販売部までお問い合わせください。
本書を無断で複写することは、著作権法により禁じられています。
定価はカバーに記載されています。

ISBN 978-4-8137-0478-2　C0193